el príncipe
Siddharta

FERRUCCIO PARAZZOLI   PATRICIA CHENDI

el príncipe
Siddharta

La fuga de palacio

Traducción de Juan Vivanco

grijalbo mondadori

Título original:
SIDDHARTA. FUGA DALLA REGGIA
Traducido de la edición original de
Arnoldo Mondadori Editore, SpA, Milán
Diseño de la cubierta: Luz de la Mora
Ilustración de la cubierta: Carles Andreu
© 1999, Arnoldo Mondadori Editore, SpA, Milán
© 2000 de la edición en castellano para todo el mundo:
      GRIJALBO MONDADORI, S.A.
      Aragó, 385, 08013 Barcelona
      www.grijalbo.com
© 2000, Juan Vivanco, por la traducción
Primera edición
ISBN: 84-253-3444-6
Depósito legal: B. 684-2000
Impreso en Cayfosa-Quebecor, Carretera de Caldes, km 3,
Santa Perpètua de Mogoda (Barcelona)

La historia de la vida del príncipe Siddharta, que después se llamaría Buda, el Iluminado, ha llegado hasta nosotros a través de numerosas leyendas transmitidas a lo largo de los siglos.

En esta novela los hechos y personajes de esa lejana época viven mezclando la realidad y la fantasía, en la India fabulosa de hace 2.500 años.

Por aquel entonces la India era un país totalmente desconocido para los pueblos que vivían a orillas del Mediterráneo, donde a la sazón florecía la civilización de Grecia. Era una inmensa península de selvas y desiertos, rodeada por las aguas del océano Índico y aislada del resto de Asia por cordilleras tan altas como la del Himalaya. Allí nace el río sagrado Ganges.

En la época de nuestra historia el ancho valle formado por el curso del Ganges era la región más rica y poblada de la India. En ella dominaba desde hacía tiempo la casta guerrera de los arios, pueblos de piel clara que habían invadido los territorios de los aborígenes de piel morena. Junto a la casta de los guerreros, la poderosa casta de los brahmanes conservaba los secretos de la religión y la magia.

Las divinidades mayores eran Agni, dios del fuego, e Indra, dios del trueno y las tormentas.

Los caminos caravaneros surcaban la región, donde las míseras aldeas de pastores y campesinos se alternaban con selvas inmensas, pobladas aún por tribus salvajes e infestadas de feroces bandoleros, espíritus buenos y demonios malvados.

En las cortes de los príncipes y en las plazas de los pueblos, los juglares ambulantes cantaban las gestas de los dioses y los héroes, las batallas de carros y elefantes, las aventuras en países lejanos que acabarían formando los grandes poemas Mahabharata y Ramayana.

Los reinos más importantes eran Kosala y Magadha. Alrededor de los espléndidos palacios de los rajás surgían ciudades populosas rodeadas de sólidas murallas en las que se abría la puerta monumental, llena de estandartes y esculturas, bajo la que pasaban los palanquines de los príncipes y los comerciantes acaudalados, acompañados por la maciza mole de los elefantes.

En un lugar situado al pie del Himalaya, en mayo del año 556 antes de nuestra era, nació Siddharta después de haberse reencarnado varias veces y haber vivido muchas vidas de hombres y animales.

Su padre era Suddhodana, rajá de los sakya, estirpe de casta guerrera cuyo nombre significa «los poderosos». Tributarios del poderoso reino de Kosala, los sakya eran muy celosos de su aristocrática autonomía. Su capital era Kapilavastu, rica ciudad al borde de la inmensa llanura surcada por los ríos que bajan del Himalaya para verter sus aguas en el Ganges.

El príncipe de los sakya, nacido en circunstancias milagrosas, recibió el nombre de Siddharta, que significa «aquel que ha logrado su objetivo».

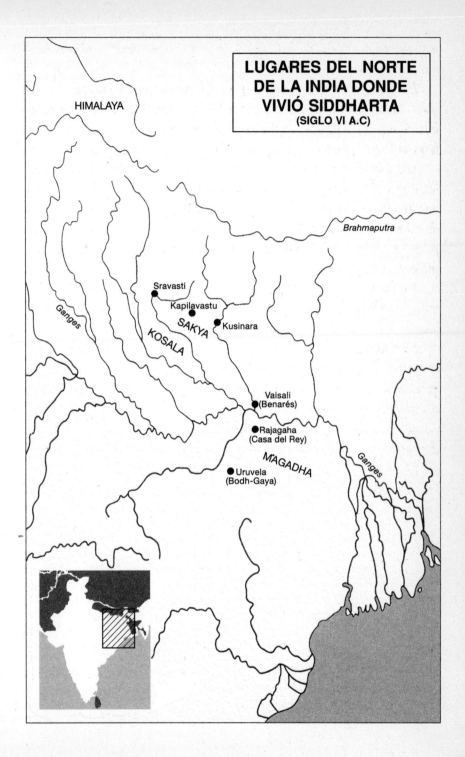

LUGARES DEL NORTE
DE LA INDIA DONDE
VIVIÓ SIDDHARTA
(SIGLO VI A.C)

HIMALAYA

Brahmaputra

Ganges

Sravasti

Kapilavastu

SAKYA

Kusinara

KOSALA

Vaisali
(Benarés)

Rajagaha
(Casa del Rey)

MAGADHA

Ganges

Uruvela
(Bodh-Gaya)

PRIMERA PARTE

Cuentan que Siddharta, antes de convertirse en Buda, el Iluminado, vivió en el cuerpo del príncipe Sivi de la dinastía de los Kamsa. En esa vida alcanzó los estados perfectos y pudo entrar en el Nirvana, la eternidad de los Bienaventurados.

Entonces bajó por última vez al mundo, para liberar a todos los seres vivos del dolor y la muerte.

Prohibido llorar

Llovía sin parar desde hacía tres días.

En la torre más alta del palacio el príncipe Sivi yacía con los ojos cerrados sobre un lecho de pétalos. Respiraba con dificultad. Su madre le humedecía la frente con un paño de lino.

Se oyó un barrito de elefante en la selva. El joven príncipe abrió lentamente los ojos y miró hacia afuera, al cielo. Había dejado de llover y una escalera larguísima, del color del arco iris, bajaba desde lo alto hasta los muros de la torre.

El muchacho sonrió.

—¿Por qué sonríes, pequeño Sivi? —sollozó Suyata, su hermana, arrodillada junto al lecho.

—Mira, se han abierto las puertas del cielo. Los dioses están de fiesta, celebran mi liberación.

El príncipe vio a su madre inclinada sobre la palangana de agua fresca, retuvo su mano que mojaba los paños y llamó a la mujer, que tenía el rostro surcado de lágrimas.

—Madre, hermana, uníos a ellos, ahora está prohibido llorar. Sonreíd conmigo.

Hizo una pausa. Bajó la mirada y continuó:

—Mi entrada en el Nirvana se espera con gran emoción. Los dioses me han reconocido.

Pero la pequeña Suyata no logró retener las lágrimas y se echó a llorar.

—Sivi, Sivi, no te vayas, no nos dejes.

—Hermanita, madre, no os abandono, no os preocupéis. Volveré pronto, bajaré del paraíso de los Bienaventurados para liberar a los hombres. Están cegados, sufren sin saber por qué. Oíd el sonido de fiesta que llega de la selva.

El viento cesó de pronto. La selva enmudeció. Los cuervos volvieron a sus nidos y las serpientes a sus guaridas. En las ramas de los árboles brotaron flores de formas desconocidas y perfume muy dulce, las rocas se cubrieron de musgo plateado. Una luz intensa y cegadora iluminó la llanura del Ganges. El gran río se aplacó. Un fuerte ruido de tambores fue en aumento hasta hacerse ensordecedor.

—Madre, hermana, los dioses me están llamando. Ha llegado la hora de la despedida.

El joven príncipe cerró los ojos, sus miembros se aflojaron y murió.

Las dos mujeres se abrazaron y vieron cómo se desvanecía frente a ellas la escalera celeste.

Aquella noche la pequeña Suyata tuvo un sueño.

Soñó con una espléndida estrella de seis rayos que atravesaba el cielo y bajaba como un sol sobre la tierra negra. En la luz vio a su hermano, hecho un hombre. Estaba sentado en un trono dorado; los cabellos adornados con joyas le caían sobre los hombros. A su alrededor bailaban unas muchachas envueltas en velos vaporosos, y hacían tintinear sus pulseras de plata. El príncipe hizo cesar la danza y llamó a las mujeres, que le miraban con embeleso. La estrella de seis puntas empezó a dar vueltas sobre la tierra negra. Se detuvo, y los rayos se unieron formando una gran rueda. El príncipe bajó del trono, se quitó las joyas y el atuendo real, y con una sencilla túnica subió al centro de la rueda.

—Ésta que veis —dijo el príncipe— es la Rueda Celeste, el signo de mi renacimiento en el mundo de los hombres. Venid, sentaos conmigo y escuchad lo que voy a contaros. Es la leyenda de mi vida y, como el círculo de la rueda, no tiene principio ni fin, por lo que os pertenece a todas las que la escucháis.

Cuando la pequeña Suyata se despertó, fue a ver a su madre.

—Madre, madre, mi hermano ha vuelto, es aún más fuerte y se llama Siddharta.

El alumno especial

Bajo el tamarindo, en el parque real de los sakya, el príncipe Siddharta escuchaba la lección de su maestro Arjuna. Junto a él estaban sentados sus dos compañeros de clase, su primo Devadatta y Ananda. El maestro, mirando a Devadatta, le preguntó por segunda vez qué significaba el Día de Brahma.

—El Día de Brahma es una serie infinita de años, un número tan grande que da vértigo. Al Día sucede la Noche. La Noche de Brahma, cuando el dios cierra los ojos, dura un tiempo igual y larguísimo. Luego viene el diluvio y el mundo desaparece.

El maestro añadió:

—Este ciclo del que habla Devadatta se repite indefinidamente. Nosotros vivimos en el Día de Brahma, lo contrario no sería posible. ¿Lo entendéis?

Todos asintieron con la cabeza.

—Y ahora, Siddharta, mira atentamente esta bandeja e imagina que es el mundo de los hombres. ¿Por qué hay cuatro maderas distintas?

—Las cuatro maderas distintas representan a las cuatro castas, maestro. Son los brahmanes, que enseñan los Vedas y celebran los sacrificios; los guerreros, que protegen al pueblo y estudian; los trabajadores, y por último los que sirven.

Devadatta no pudo contenerse. Mientras Siddharta hablaba había recogido un puñado de guijarros. De pronto los puso en la bandeja y dijo en voz alta:

—Y luego están los intocables. No pertenecen a ninguna casta, no tienen ningún derecho, no nos pueden mirar, no nos pueden tocar. Son muchos, son millones y son como polvo, valen menos que este puñado de piedras.

—Pero las piedras que has echado en la bandeja no son millones, son veinticuatro —dijo Siddharta.

El maestro las contó en silencio.

—Es verdad. ¿Cómo lo has adivinado?

—Muy sencillo. El número de tamarindos del árbol bajo el que estamos sentados, por ejemplo, es exactamente diez veces el de las piedras, doscientos cuarenta —dijo Siddharta, y se echó a reír.

Como si respondieran a una señal, todos alzaron la vista hacia la copa del árbol menos Siddharta, que siguió mirando la bandeja.

—¿Por qué no los contamos de verdad, maestro? —propuso Devadatta.

El maestro, confundido, miró primero a Siddharta y luego al tamarindo.

—Por hoy la clase ha terminado —dijo, y les despidió.

—¿No vienes, Devadatta? —preguntó Siddharta mientras corría hacia el palacio.

—No, me quedo contando los frutos. Esta vez no me lo creo.

—Bueno, pues que te aproveche.

Al volver el maestro Arjuna se encontró con el maestro de ceremonias. Después de hacer una reverencia le preguntó:

—¿Crees que es posible que un muchacho, de un vistazo, sea capaz de contar los frutos de un árbol?

19

—No lo creo, ¿quién podría hacer algo así?

—Yo también creía que era imposible, hasta hoy, que ya no sé qué pensar.

—¿Acaso uno de tus alumnos tiene dotes tan extraordinarias? Ojalá los míos me dieran esas satisfacciones, maestro Arjuna.

Los dos se alejaron conversando animadamente.

El sol lucía en lo alto del cielo, las siluetas del Himalaya eran nítidas. Por las cumbres nevadas corrían unas nubecillas rosas que anunciaban la primavera. Pero, oculto entre esas simas eternas, inaccesible como una prisión, se alzaba el palacio del rajá Dronodana.

—Deja de fastidiarme con las dotes excepcionales de ese muchacho, no quiero oír ni una palabra más sobre Siddharta —gritó Dronodana.

—Ya me encargaré yo de torcer su suerte. Ha llegado el momento de apagar la estrella de Siddharta.

La Ciudad de las Serpientes

Los últimos pasos del recodo del camino fueron muy rápidos. Chanda, el palafrenero, apretaba las rodillas contra la silla de su montura, siguiendo con el cuerpo en tensión su afanosa subida. Pero de pronto se detuvo. En medio del sendero, al final del último recodo, yacía el esqueleto de un perro. No fue eso lo que asustó a Chanda, sino un palo largo que entraba en el esqueleto por las paletillas y, después de atravesar el tórax, le salía por la boca. La punta del palo estaba meticulosamente pulida y afilada. Alguien había llevado al perro hasta allí para matarlo. Alguien que quería cortarle el paso al viajero, dejarle una advertencia. El palafrenero sintió un escalofrío. Una extraña sombra se dibujaba en el suelo donde los huesos del perro tocaban el polvo y la piedra rosada de la roca. Fue lo último que vio el palafrenero, mirando hacia atrás, antes de llegar al borde de la meseta y quedar paralizado por el terror.

Chanda nunca había ido a Nagadvipa, la Ciudad de las Serpientes. Era el reino del rajá Dronodana. Allí se originaban sus poderes, que se extendían por todo el mundo, desde los cielos hasta el centro de la tierra.

Hasta donde alcanzaba la vista y más allá se abría una inmensa tumba. Las nubes rasgadas dejaban ver el brillo cegador,

21

insoportable, de las osamentas animales. Una interminable fila de estacas exhibía cadáveres humanos asesinados quién sabe cómo, quién sabe por qué, cadáveres que eran pasto de los buitres. Aún le parecía oír los gritos que salían de sus bocas, abiertas de par en par hacia el cielo. Chanda no sabía si tenía vértigo o las estacas se balanceaban realmente, como mástiles de barcos que naufragan. De pronto se dio cuenta de que el suelo donde estaban clavadas aparecía cubierto de ratones, que corrían en tropel entre los cadáveres de animales. «¿Qué clase de visión es ésta?», se preguntó el joven palafrenero, pasándose una mano por el cráneo rasurado y por los ojos. Sabía muy bien que en todo el día no había probado una gota de vino de palma.

Ante él se alzaba la torre de los Naga, las Serpientes. Un gigantesco bloque de bronce que salía de la tierra en espiral, rematado con una cabeza de cobra. Era la fortaleza del rajá Dronodana. Y el enorme montón de piedras corroídas por el viento, que a primera vista parecía una montaña escarpada, era la ciudad de Nagadvipa. Los gritos de los muertos parecían salir de allí. Chanda sólo había oído una vez lamentos como ésos: en el bosque de los demonios, y había visto con sus propios ojos cómo esos seres monstruosos se metían en los troncos de los árboles.

Las murallas de la ciudad tenían aberturas que no parecían llevar a ninguna parte; sombras oscuras aparecían y desaparecían por su superficie dibujando entrantes simulados, ilusiones de avenidas y callejones, edificios y santuarios.

¿Qué clase de hombres podían vivir en una ciudad semejante? ¿Y dónde estaban?

La ciudad parecía desierta. Chanda oyó tras él un golpeteo de cascos de caballo. Su compañero de viaje le había alcanzado.

—¿Has visto qué maravilla es el palacio de mi padre, el gran rajá Dronodana? —dijo Devadatta, montado en su caballo con jaeces de bronce—. ¿No te parece mil veces mejor que la aburrida ciudad de Kapilavastu, donde el principito Siddharta tiene embobados a sus maestros?

—No pienso entrar ahí. Te espero fuera —contestó el palafrenero, asustado.

—Cobarde, no eres hombre. Te falta valor. Nunca serás un auténtico guerrero, como yo.

El hijo del rajá Dronodana espoleó su caballo y desapareció detrás de las murallas.

El palacio era la única parte construida de la ciudad, y su riqueza hacía que la extensa zona habitada por los súbditos de rango inferior, las casas-cueva excavadas en las paredes de roca y la tierra polvorienta, parecieran aún más miserables.

Sin devolver el saludo de los guardias armados con largas lanzas falcadas, Devadatta entró en el salón de audiencias, donde le esperaba su padre, sentado con las piernas cruzadas en una hornacina con forma de fauces de tigre.

—Mis respetos, padre —y se inclinó ante el rajá.

—Levántate. Esas reverencias sólo las aprecian los reyes débiles, como mi hermano Suddhodana, tan distinto de mí. ¡Me horroriza la idea de que por las venas de Suddhodana corra mi misma sangre! En su palacio siempre están con melindres de ésos. Aquí, en el reino de Naga, hablamos como los hombres. ¿Quién te ha acompañado hasta aquí?

—El palafrenero Chanda.

—Bien. El palafrenero amigo de Siddharta. Significa que estás bien introducido. ¿El rey ya te considera como un hijo? ¿Te ha hablado oficialmente de tus futuros cargos en Kapilavastu?

—Pero ¿no es aquí, a tu lado, donde voy a reinar?

—Qué ingenuo eres. ¿Es que no ves la miseria de esta ciudad? La gente se muere de hambre, la carestía está acabando con el tesoro del reino, lo único que tenemos son armas y un ejército perfectamente adiestrado. ¿Acaso sabes lo que hacen los guerreros? ¿Te lo han enseñado los maestros de Suddhodana, o pierdes el tiempo jugando en el parque real?

—Guerrean y conquistan las tierras más fértiles.

—Entonces, puesto que lo has entendido, dime si has cumplido tu deber. ¿O es que aún no has entendido la verdadera razón por la que te mando con los sakya?

—Tengo que espiarles. Tengo que aprender a luchar. Un día dirigiré nuestro ejército y conquistaré las fértiles tierras del reino de Sakya.

—No conquistarás nada. Eres un niño, ¿qué piensas hacer sólo con la fuerza de los hombres? El poder lo dan los dioses. El dios Mara, al que adoramos, nos ha prevenido. Háblame de Siddharta, tengo que saberlo todo de él.

—Siddharta es un blando, nunca sale del palacio y no sabe nada del mundo. ¿Acaso es un peligro? Pasa el tiempo salvando insectos, mirando los montes del Himalaya y haciéndoles preguntas raras a los maestros.

—¡Siddharta puede acabar con nosotros! Tenemos que estar informados de todo. Quiero saberlo todo de él. Quiero saber más. Hoy mismo saldrás de la ciudad y volverás con los sakya.

—Pero padre, me habías prometido llevarme a ver los tigres y el adiestramiento de las monas de combate.

—Vete, te digo que debes partir de inmediato. Es una orden.

Devadatta salió sin despedirse. Esos encuentros se habían vuelto insoportables. Su padre sólo quería hablar de Siddharta.

Al otro lado del árido foso que rodeaba el palacio, el hijo de Dronodana y el palafrenero Chanda cabalgaron de nuevo. No tardarían en doblar el recodo del cementerio. Dentro de las murallas alguien les había visto partir: una mujer, con sus negros ojos pintados con khol, esperó a que los visitantes desaparecieran tras el peñasco que delimitaba el gran foso que rodeaba la ciudad.

Las sesenta y cuatro virtudes

Narayani, desde lo alto de la torre, aguardó a que los jóvenes desaparecieran a lo lejos. Luego mojó el palillo de maquillarse en aceite de zabira y dibujó sobre su vientre desnudo la quinta hojita. Era la quinta vez, desde el principio del mes, que el joven Devadatta acudía a Nagadvipa por orden de su padre. El rajá no tardaría en llamarla, y el joven guerrero yacería con ella. Con la punta del dedo recorrió el dibujo que tenía en el vientre y lo encontró bien hecho.

Narayani tenía veinte años y su belleza quitaba el aliento. Sólo con mirarla entraban deseos de tocarla, de sentir la suavidad de su piel, de su talle fino, sus pechos turgentes y voluptuosos. Sus ojos negros y penetrantes tenían algo de malicioso y descarado. Sus orígenes eran desconocidos; se decía que no había nacido en Nagadvipa, pero ella no hablaba nunca de su ciudad natal ni tampoco de sus padres. La consideraban huérfana, o bien hija de las tinieblas. Con ese aire de fascinación y misterio parecía que había nacido para dar placer a los hombres. Pero si alguien, sin dejarse llevar por las apariencias, hubiera podido mirar dentro de su corazón, habría descubierto algo insólito que la hacía única, completamente distinta de las demás concubinas reales. Soñaba con una vida llena de aventuras, lejos de las murallas de esa ciudad.

—Pero Narayani, ninguna de nosotras ha conseguido nunca huir de la Ciudad de las Serpientes —le decía su doncella, mirándola con preocupación.

—Ya lo sé, pero yo lo conseguiré, te lo juro. ¿Has visto a los dos jóvenes jinetes? Siempre hacen el mismo recorrido, siempre llegan a la misma hora. Podría repetirte de memoria su trayecto. A lo mejor no es tan difícil salir de esta ciudad…

—Narayani, quiero ser experta en el arte de amar —dijo la doncella, cambiando de tema—. Enséñame las sesenta y cuatro virtudes.

—Ya conoces muchos atributos del amor, ¿verdad?

—Sí. El arte del canto, de la lectura y la recitación salmodiada, de la pintura y del tejido, por no hablar del refinado arte de guisar y la maestría en la preparación de sorbetes. Pero el arte que quiero aprender mejor es el del apareamiento.

—Hay varios tipos de abrazos —comenzó Narayani—, y cada uno tiene su nombre.

»Cuando una mujer simula que recoge algo y se agacha llamando la atención de su acompañante y como quien no quiere la cosa le roza los muslos con sus pechos, se habla de abrazo penetrante, y el canto que acompaña la cópula que viene a continuación será parecido al arrullo del palomo.

»Luego hay un abrazo más complicado, el abrazo de la enredadera, y para lograrlo la mujer debe poseer unos miembros extraordinariamente elásticos y sinuosos.

»Cuando el hombre al que quiero seducir desea esta clase de abrazo, lo adivino enseguida. Se queda quieto, impasible, como si quisiera intimidarme, no me colma de elogios como acostumbran a hacer los amantes; al contrario, simula estar descontento. Pero yo sé que no es así, lo que pasa es que quiere que tome la iniciativa. Entonces pongo un pie sobre su pie y el otro sobre su muslo, y veo en su mirada una sonrisa de inteligencia: he entendido cuál es su apetencia. Entonces extiendo el brazo y lo paso por la espalda de mi amante, y con el otro le rodeo los hombros. Por último hago que mi cuerpo se deslice con leves contracciones, rodeando sus piernas y su tronco como si fuera una enredadera que trepa por un árbol. Ciñendo de este modo su carne, como si le triturase con mis músculos, el amante se estremece de pasión y siento que su virilidad está a punto, por fin.

La doncella, extasiada, miró a Narayani en silencio.

—Cuántas cosas me has enseñado, mi dulce ama.

De pronto la mirada de Narayani se volvió brillante y más profunda.

—Hay una cosa, querida, que no puedo enseñarte. Es el abrazo más secreto, el de la leche y el agua. Pero de nada vale tener mucha experiencia, porque sólo puede practicarlo alguien que ame. Igual que el suero y el agua forman una mezcla única e indivisible, el cuerpo del hombre y el de la mujer pueden hundirse uno en otro, insensibles al disgusto y al dolor, anulando las distancias, mezclando el sudor y la sangre de los mordiscos y los arañazos en una sola sustancia. Cabellos enredados con cabellos, pestañas con pestañas, uñas dentro de uñas, lenguas que se buscan y se envuelven, la unión es un rito mágico capaz de detener el tiempo, como cuentan que les sucede sólo a los dioses. Yo nunca lo he experimentado, y no sabes lo que me gustaría. No sé quién será ese hombre, cómo llegaré hasta él ni cuándo aparecerá. Pero será hermoso como un príncipe. Y bueno.

Narayani se volvió sonriendo a su doncella, pero la joven no le devolvió la dulzura de su mirada. No repitió esa palabra: príncipe. En sus ojos había terror. Narayani lo comprendió de inmediato y, fingiendo despreocupación, volvió la cabeza despacio hacia la entrada de sus aposentos. Su voz no tembló cuando dijo:

—Te saludo, Dronodana, perfecto rajá. Sé bienvenido.

En la torre un cuervo lanzaba enloquecido su reclamo.

Violación

—¿A qué vienen esos secretos, mujer? Qué príncipe ni qué niño muerto… Hoy tienes que vértelas con el rajá. A mí nadie puede ocultarme nada, ni siquiera la mujer de las sesenta y cuatro virtudes.

El rajá Dronodana, precedido por el escribano real, había entrado en la habitación de lo alto de la torre e interrumpido la conversación de Narayani con su doncella. La cortesana disimuló su sorpresa, aunque la llegada del rajá era inesperada.

—Vengo a asegurarme de que he elegido a la mujer adecuada para mi hijo Devadatta. Demuéstrame que eres una verdadera maestra en el arte del amor: cuéntame un cuento. El escribano tomará nota de tus palabras.

Narayani conocía bien el carácter violento del rajá Dronodana, pero sobre todo sabía reconocer su impaciencia. Y esta vez en la petición del soberano barruntaba algo más peligroso que una simple orden. Su curiosidad tenía que ser complacida lo mejor posible. No podía ser un cuento cualquiera, en él depositaba todas sus esperanzas de evitar la amenaza que se cernía sobre ella.

La muchacha hizo una leve inclinación de cabeza, se acomodó la estola de seda sobre los hombros y comenzó.

—Te voy a contar una historia que no le había contado a nadie. Es la vida de mi madre Sama. Ahora que ha muerto, su espectro, que aún no se ha saciado de la vida terrenal, vaga por el mundo para mantener vivo el recuerdo de su pasado.

—Adelante, muy bien, veo que lo has entendido. ¡Parece interesante tu historia!

—Mi madre Sama vivía en el reino de Magadha y era la favorita del rey Bombisara. En su séquito tenía quinientas mujeres, y su tarifa correspondía a más de mil monedas.

»Un día, al asomarse a la ventana del palacio, vio que llevaban a un hombre al patíbulo. Era un ladrón. Tenía los brazos atados a la espalda, la cabeza cubierta de polvo y una guirnalda de adelfas alrededor del cuello, como los condenados a muerte.

»Mi madre nunca había visto un hombre tan atractivo. Tenía el porte de un dios. Se quedó prendada de él, y lo quiso para ella.

»Llamó a su doncella, le metió unas monedas en el bolsillo y le dijo que fuera a ver al verdugo con el siguiente mensaje de su parte: "Este ladrón es hermano de Sama, el único que tiene. Te ruega que aceptes estas monedas y le dejes libre".

»La doncella volvió y le transmitió la respuesta del verdugo: "Sólo si tuviera a otro hombre para poner en su lugar podría esconder al ladrón en un carro y mandártelo".

»Había que encontrar una solución lo antes posible. Mi madre sólo tenía una noche para salvar de la muerte al ladrón, el hombre al que tanto deseaba.

El rajá se echó a reír.

—¡Me gusta cómo cuentas las cosas! No quiero que me molesten ahora que empieza lo mejor. Dejadme solo con la cortesana —les dijo a la doncella y al escribano—. ¡Salid de aquí los dos! Veamos qué maquinó tu madre Sama para conquistar al ladrón.

Narayani, al quedarse sola con el rajá Dronodana, se angustió aún más. Tenía que controlarse. Sus ojos sostuvieron la mirada del rajá y, como si no la hubiera interrumpido, reanudó el relato.

—Cuando anocheció, como todos los días, mi madre recibió la visita del hijo de un banquero. El joven estaba locamente enamorado de ella, y en cada ocasión le llevaba mil monedas. Pero esa noche mi madre no entregó sus encantos al joven banquero, se guardó el dinero y permaneció sentada, llorando. El joven, preocupado, le preguntó por el motivo de su pena, y Sama le confesó: «Señor, ese ladrón a quien van a ajusticiar mañana al amanecer es mi hermano. Para soltarlo el verdugo me ha pedido mil monedas, pero no tengo a nadie para llevárselas». «¡Yo iré!», exclamó el joven, con el corazón rebosante de amor por ella.

»Cuando llegó a casa del verdugo, éste le escondió en un lugar secreto. Ya empezaba a acudir gente para no perderse la ejecución. El hijo del banquero fue ajusticiado. El ladrón fue entregado a mi madre Sama, escondido en un carro cubierto.

»La historia no acaba aquí —añadió Narayani.

La mirada atenta e insaciable del rajá Dronodana no se apartaba de ella. Fue lo que la convenció de ir hasta el final sin ocultar ningún detalle. Pero Dronodana volvió a interrumpirla, y esta vez habló con un tono seco y autoritario.

—Sí, tiene que continuar. Añadiendo placer al placer, hagamos más excitante la narración. Narayani, quítate esos velos y sigue hablando desnuda ante mí.

—No me pidas eso. Estoy observando el período de castidad anterior a la iniciación del heredero al trono, tu hijo Devadatta. Ésas son las reglas en nuestro reino.

—Soy yo quien dicta las reglas. Haz inmediatamente lo que te ordeno. ¡Hazlo!

Uno tras otro, lentamente, Narayani dejó caer los finos velos de colores que cubrían sus hombros y sus caderas, hasta quedar completamente desnuda. Así, de pie ante el rajá Dronodana, Narayani ya no se sentía segura. Y sucedió lo que más temía. Ella, que había afrontado las situaciones más delicadas y tenido los encuentros más íntimos, se sonrojaba por primera vez. Se sonrojaba delante de un hombre. Esa desnudez era demasiado. La mirada del hombre la ofuscaba. Profundamente humillada, prosiguió el relato de la historia de su madre.

—Cuando mi madre Sama libró de la muerte al hombre del que se había enamorado perdidamente, no quiso tener ningún otro acompañante. Ninguna cantidad de dinero podría conquistar ya su corazón, estaba satisfecha y se casó con él.

»La fidelidad de los amantes habría durado eternamente si, andando el tiempo, el apuesto marido no se hubiera dejado llevar por la desconfianza. Le atormentaba la idea de que tarde o temprano Sama se encapricharía de otro hombre. "Con tal de hacer el amor con él, tratará de matarme, igual que hizo con ese otro amante suyo para tenerme a mí —pensaba—. Lo mejor será que me vaya."

»De modo que un buen día le propuso dar un paseo por el parque. Sama, deseosa de complacer a su marido, preparó comida muy sabrosa, se engalanó con todas sus joyas y subió al carro. En el parque los dos estuvieron jugando y bromeando como si no hubiera cambiado nada desde el comienzo de su amor.

»El hombre comprendió que había llegado el momento de actuar. Fingió que la deseaba y quería hacer el amor, la tomó en sus fuertes brazos y la estrechó hasta estrangularla. Le arrancó el vestido, cogió todas las joyas y huyó.

»Por el parque pasó un cazador con un puñal en la mano. Junto a una mata vio el cuerpo tendido de Sama. Ya no tenía vida, pero el alma de la muerta aún no se había ido y llamaba al cazador. Le dijo que le cortara el vientre cuidadosamente con su puñal. En su seno custodiaba la nueva vida de una niña. Era su hija, había nacido de un gran amor y se llamaba Narayani.

—Ahora acércate, preciosa. Ven conmigo, haz honor a tus encantos y a mi excitación —dijo Dronodana, besándola en el pecho indefenso—. Me gustas, mujer. Estás a la altura de tu fama.

Primer amor

Se había levantado viento, que hacía tintinear las astas e hinchaba los estandartes que coronaban las torres del palacio de Kapilavastu, en el país de Siddharta. Ya había terminado la fiesta del primer surco, pero en los tejados las banderas amarillas recordarían hasta final de mes esos días alegres. Siddharta pensaba en lo larga que había sido la espera de esa ceremonia. La noche anterior la orquesta no había dejado de tocar. Él también había permanecido despierto para unirse a la procesión y para arrojar flores y arroz sobre el arado de madera con punta afilada, más resistente que el metal, que esa mañana había estrenado su padre el rey Suddhodana ante los campesinos reunidos. Luego la gente había regado los campos con el agua bendita, y a partir de ese día todos los arados habían vuelto a surcar la tierra.

La luz del mediodía era cegadora; sobre las piedras blancas recalentadas por los rayos del sol corrían las lagartijas recién nacidas, asomaban su cabecita triangular y se quedaban inmóviles, mirando el agua del río. El cielo estaba clarísimo, y las montañas parecían tan cercanas que se diría que bastaba con alargar la mano para tocarlas. Siddharta nunca había subido a las pendientes del Himalaya. Soñaba con que un día su padre le permitiera ir hasta allí con los cazadores de elefantes. Uno de ellos le había contado que había escalado la cumbre más alta, adonde ningún hombre había llegado. Las rocas eran empinadas como paredes, no se podía caminar, había que trepar con cuerdas. Al llegar a una altura, un puerto daba paso a una enorme extensión de agua que parecía una joya: era el lago Chaddanta, donde vivían los elefantes blancos nacidos de las nubes.

De pronto, sobre la algazara de los pájaros del parque se elevó un sonido agudo. Parecía una imitación, pero ¿quién conocía tan bien el canto de las aves? ¿Acaso uno de los genios que viven en los huecos de los troncos, a quienes los leñadores ofrecen miel y azúcar?

Siddharta volvió sobre sus pasos. El sonido cada vez era más nítido, ahora parecía el chirrido de una cigarra. Detrás de un tronco asomó una madera clara: era una flauta. La sostenía una chiquilla de pelo largo, recogido desordenadamente en una trenza. Pero ¿dónde estaba su vestido? Lo mismo que él, la niña no llevaba ropa. Una muselina apenas más ancha que un cinturón le cubría las caderas. Siddharta miró sus bracitos, que sostenían la flauta. Vio sus delgadas rodillas puntiagudas: ¡ahora entendía por qué a las niñas no les enseñaban a luchar!

La chiquilla aún no había advertido su presencia. No lejos de allí había un matorral, y Siddharta pensó en esconderse detrás.

—Príncipe, ¿tú también has venido a la orilla del río?

«Ya es tarde para huir», pensó Siddharta. Pero ¿cómo le había reconocido la niña, si él no sabía quién era ella?

—Hace tanto calor que parece verano— prosiguió la niña.

Lo mejor era decir algo, en vez de quedarse ahí mirándola como un pasmarote.

—¿De modo que eres tú quien imita tan bien las voces de los pájaros? ¿Quién te ha enseñado?

—He aprendido sola, pero la flauta me la ha regalado el palafrenero del palacio.

—¿Quién, Chanda?

—Sí.

—¿De qué le conoces?

—Conozco a todos los que viven en Kapilavastu. Tú eres el príncipe Siddharta.

—Y tú, ¿cómo te llamas? ¿De dónde vienes?

—Soy Yasodhara, hija del rey Dandapani y la reina Pamita. Vengo de Ramagama, ¿no te acuerdas de mí?

De pronto Siddharta recordó. Hacía un año, durante una ceremonia durante la cual repartió piedras preciosas a todas las niñas nobles de la capital, Yasodhara se presentó ante él cuando ya no quedaba ninguna. En vez de enfadarse, la chiquilla se había reído de la turbación de Siddharta. No había querido aceptar el collar que él llevaba al cuello, y le había ofrecido su propia guirnalda de flores. Había sido un gesto simpático, Siddharta pensaba en él de vez en cuando. Pero lo que no recordaba era que la niña fuera tan bonita.

—Ahora que lo dices, nos vimos el año pasado en la fiesta de las niñas.

—Te ha costado recordarlo —rió Yasodhara—. ¿Y si nos bañamos en el río?

El viento cálido procedente de los desiertos del oeste soplaba hacia las montañas y doblaba los penachos de tierna hierba *jusa* en las márgenes del río. En el parque real de los sakya los jóvenes se quitaron sus escasas prendas, el taparrabos y la muselina, y las colgaron en la misma rama de un gran sauce. Primero lo hizo ella, luego él. Sus cuerpos desnudos y esbeltos avanzaban juntos, atraídos por esa cinta de agua y tierra que reflejaba, bajo los rayos del sol, varios tonos de verde.

—El vuestro no es un río de verdad —dijo ella, sentada en la orilla, con un brazo dentro del agua.

—¿Por qué? ¿Qué tiene el Rohini que no tengan los demás?

—¿Has visto el Ganges?

34

—No. ¿Y tú?

La chiquilla sonrió.

—Yo tampoco lo he visto. Pero sueño con ir hasta allí. Dicen que es tan grande como un mar, y que por él navegan barcos capaces de transportar elefantes. Sus aguas son sagradas, el dios Siva las hizo bajar desde el cielo del Himalaya una vez que había mucha sequía en la tierra.

Los dos permanecieron un rato en silencio.

Luego, después de un chapuzón, volvieron al gran sauce. Yasodhara tenía ganas de quedarse, pero no podía.

—Siddharta, se me ha hecho tarde, mis padres me están esperando, debemos volver a Ramagama. Pero antes tengo que preguntarte una cosa.

—Tú dirás.

—¿Es verdad que la reina Payapati no es tu verdadera madre?

Siddharta enmudeció. Hasta entonces nadie le había contado cómo había muerto Maya, la madre natural que él nunca había conocido. Los dioses aún no habían permitido que se desvelara el misterio de su nacimiento. Era un secreto que pocos conocían y, el día que lo descubriera, su vida cambiaría.

—Para mí es como si lo fuese —contestó, confuso.

Luego, al ver que la niña tenía una expresión más seria y cohibida, como si quisiera pedir perdón por una pregunta indiscreta, sonrió y le dijo:

—Pero si de verdad quieres saber más, Yasodhara, tienes que darme tu flauta.

Ella rió.

—Otra vez será, príncipe Siddharta. ¡Y deja de mirarme a las rodillas! —dijo Yasodhara.

El rostro del futuro rey se puso colorado.

La ajorca roja

—¿Estás listo? —le preguntó el sacerdote de Mara a Deva-datta.

—Sí, podemos partir.

—¡Tiene razón tu padre, eres testarudo! Antes tienes que contestar. Es una iniciación sagrada, los dioses te están observando. La encantadora cortesana Narayani te espera.

El primo de Siddharta había llegado muy temprano a Nagadvipa, la Ciudad de las Serpientes, y había pasado todo el día rodeado de las mujeres de la Casa del Placer. Las espléndidas cortesanas del rajá Dronodana le habían entretenido con sus zalamerías, colmándole de caricias y atenciones, para despertar en él un irrefrenable deseo de placer, el que Devadatta se disponía a alcanzar gracias a la mujer elegida para ser su primera compañera. Sólo después de la Gran Noche, una vez consumada la unión, sólo entonces el muchacho entraría con todos los honores en el mundo de los hombres.

El sacerdote que llevaba la máscara litúrgica de pez *makara*, monstruo marino que simboliza el deseo y la tentación, escanció zumo en la copa llenándola hasta el borde. En cuanto el bebedizo *soma* surtiera su efecto embriagador, llevaría al joven iniciado a la presencia de Narayani, la experta en amor.

—Bebe este zumo, símbolo del deseo primordial. Demuestra tu virilidad, sustenta su fuerza dentro de ti. Ojalá tu semen sea rico e impetuoso como el de un valioso semental, y tenaz la erección de tu *linga*, miembro viril y vivificante.

El efecto del *soma* fue inmediato. Devadatta sintió que le abrasaba como si hubiera tragado un hierro candente. La cabeza le daba vueltas y empezó a tener alucinaciones. De una oscuridad total surgieron figuras gigantescas de dragones. De pronto vio cómo se recortaban, enormes, dos imágenes conocidas, el jabalí y el ganso salvaje, semblanzas de Visnú y Brahma. El primero se hundió en los abismos, el otro se elevó hasta los cielos. Ambos dioses medían la altura y la profundidad de un espolón pavoroso que salía del mar. Las piernas de Devadatta dejaron de sostenerle y el sacerdote le sujetó para que no cayera.

—Ése que ves es el *linga* de Siva el Destructor, la columna llameante que surgía del océano infinito en la noche sin estrellas, cuando Brahma el Creador y Visnú el Conservador se disputaban la supremacía del universo. Acoge en tu interior la tríada del supremo Siva.

Devadatta exhaló un largo suspiro y luego empezó a dar vueltas sobre sí mismo, perdiendo durante un momento el control de sus músculos y sus articulaciones. Al final cayó de rodillas, juntando las manos en actitud de oración: había recobrado las fuerzas, se sentía regenerado. Se alzó y le ordenó al sacerdote:

—Llévame con Narayani.

Narayani, en sus aposentos, se había puesto en el tobillo una ajorca roja, en señal de una promesa hecha a sí misma que ahora se disponía a cumplir. Al oír el tintineo de los collares de Devadatta se levantó.

—¿Estás aquí, mujer? ¿Es ésta la alcoba donde preparas tus encantos antes de caer a mis pies?

Al oír sus palabras la cortesana se sobresaltó. El padre y el hijo tenían la misma forma de hablar. Estaba disgustada. Pero si no se enfrentaba al hijo de Dronodana su plan fracasaría. Y entonces todo carecería de sentido. Hizo acopio de valor. Debía actuar con habilidad y astucia.

—¿Estás ahí, mujer?

Devadatta dio unos pasos hacia atrás y vaciló. Ahora veía ante sí una figura danzante, completamente envuelta en velos de seda roja que también le ocultaban la cara. De la seda sólo sobresalían los brazos desnudos. Las manos, de color marfil oscuro y uñas pintadas de rojo, sostenían con gracia extraordinaria una corona de pétalos. La mujer comenzó a dar vueltas a su alrededor, empujándole hacia el centro de la habitación, arrastrándole en un torbellino de dulces sensaciones que nunca antes había tenido.

Los dos se sentaron frente a frente. Ella tomó sus manos y le hizo levantar el velo que le cubría la cara. El hijo del rajá nunca había visto unas facciones tan perfectas, con grandes ojos almendrados y labios suaves y rebosantes que parecían dibujados por la misma mano que había esculpido la estatua de Kama, la diosa del amor.

—Me llamo Narayani, estoy aquí para colmar todos tus deseos. Sírvete la comida y la bebida que he preparado para recibirte.

El sabor de la miel y los dulces de nata era exquisito, pero aún más el jarabe espirituoso de mango. Devadatta, sediento, bebió una garrafa entera. Mientras él disfrutaba de la bebida, Narayani le había quitado la ropa y le untaba todo el cuerpo con ungüento de sándalo y otros bálsamos. El muchacho sentía las manos de la concubina en los hombros y el pecho, luego en la espalda, bajando hasta las nalgas y deslizándose entre las piernas.

—Ahora estás excitado, ahora deseas poseerme —le susurraba la mujer, soltándose el larguísimo pelo negro que le caía sobre los pechos redondos y seguía las curvas armoniosas de su cuerpo.

—¿Quién eres realmente, Narayani? ¿Por qué sólo consigo sentir tu perfume, el calor de tus manos, tu saliva que moja mis labios y tu piel lisa que frota mi cuerpo, mientras que mi vista está ofuscada y no consigo ver tu hermoso rostro de color perla rosado? ¿Me has hechizado?

La poción estaba haciendo efecto, el joven había cerrado los ojos y ya no hablaba. Sus músculos cedían lentamente, y pronto quedó inmóvil, sumido en un sueño profundo.

Narayani le dejó, inerte, tendido en el lecho. Con las uñas y los dientes marcó unos signos en su piel. Era su respuesta rabiosa a las manos de Dronodana que habían maltratado su cuerpo unos días antes. Pero ninguna venganza con ese muchacho dormido le compensaría la humillación, la violencia que había sufrido. ¡Debía darse prisa! La noche de la iniciación los guardias estaban de fiesta. No podía perder un momento. Se vistió, recogió rápidamente sus cosas, incluyendo la parte de recompensa que ya le habían dado, se asomó a la ventana y miró con inquietud hacia abajo, en la oscuridad. No había nadie. La noche era profunda. Sólo las estrellas, luminosas como diamantes, brillaban en el cielo. Ágilmente subió al alféizar y bajó de la torre agarrándose a una cuerda de lianas que había trenzado a escondidas en los días de reclusión. Corrió hasta las caballerizas, donde esa misma mañana Devadatta había dejado el caballo. Lo soltó y cabalgó en la oscuridad, atravesando la muralla de Nagadvipa para adentrarse en el sendero intransitable del bosque.

Narayani se quitó la ajorca roja del tobillo. Había cumplido su promesa: se había fugado. Sentía que una fuerza desconocida la guiaba y protegía, y le daba ánimos para afrontar cualquier peligro. Nada podía ser peor que seguir viviendo en Nagadvipa, ni más emocionante que esa sensación de cabalgar en la noche.

¡Corre, Narayani, corre!

El lago de hielo

Narayani cabalgó hasta el alba. Cruzó zanjas y oscuros precipicios, no se preocupó del frío y menos aún de las fieras, que huían al paso del caballo espoleado sin cesar por la joven.

El bosque se cubrió con una niebla espesa. Narayani puso el caballo al paso. De pronto la capa blanca que impedía la visión se disipó. Ante ella apareció un inmenso lago de hielo, inmóvil y terso. Al acercarse a la orilla vio su imagen reflejada como en un espejo, pero no se llamó a engaño. El rostro que veía no era el suyo. Narayani se arrojó al suelo con las manos juntas para saludar a la que acababa de reconocer aunque no la había visto nunca.

—Madre, ¿eres tú, que vives en este lago?

—Estoy aquí, hija. Durante todos estos años has escuchado y repetido mi historia en tu corazón, has soportado mi dolor como si fuera tuyo. Sólo yo puedo saber lo que te ha costado, pero ni tú ni yo podíamos evitarlo.

—Lo sé —contestó Narayani—. La muerte nos separó demasiado pronto para que pudiéramos despegarnos por completo. Yo misma iba a buscarte y te pedía que me contaras cuál era tu pena, y casi me hacía ilusiones de llegar a vencerla. Pero ahora dime por qué ya no debe ser así, por qué ya no debemos seguir buscándonos. ¿O no es eso lo que quieres decirme?

—Tú lo has dicho: ya no nos veremos más. Te has ganado el derecho a ser responsable de ti misma, y mi espectro ya no interferirá en tus decisiones. Mi historia será un recuerdo lejano, y de poco te servirá.

La imagen reflejada en el lago, hasta entonces inmóvil, se alzó, y Narayani entendió lo que realmente le había querido decir su madre.

—Observa tu vientre, Narayani. En él late el corazoncito de aquel que te ha liberado del pasado y de mí: es el corazón de tu hijo. Ahora eres una madre, él sólo te tiene a ti.

Al oír esas palabras a Narayani se le heló la sangre. El padre de la criatura sólo podía ser él, el rajá Dronodana, el que la había violado, el que la había impulsado a huir, el hombre al que odiaba con todas sus fuerzas.

—Dime, ¿quién es su padre? —le preguntó a la imagen de su madre, con la vana esperanza de que desmintiera sus temores.

—La respuesta ya la has encontrado en tu interior, hija mía. Pero el odio no te ayudará a superar tus temores —dijo el espíritu evanescente mientras desaparecía lentamente, engullido por el hielo del lago, dejando a Narayani ante el reflejo de su propia imagen con su hijo en su seno.

Al quedarse sola, la reciente madre quiso librarse de los inútiles temores que le impedían afrontar el futuro y sentir por la criaturita un amor puro e instintivo, desconocido para ella. Nunca hubiera imaginado que el sentimiento de ser madre sería tan fuerte y natural. A partir de entonces ya no debía ocuparse sólo de sí misma, tenía una responsabilidad mucho más grande.

Narayani tomó una decisión: ante todo tenía que seguir huyendo, alejarse lo antes posible de la ciudad de Nagadvipa, que aún estaba demasiado cerca. De un momento a otro descubrirían el engaño al hijo de Dronodana, el joven Devadatta, y de ser así al despuntar el día los guardias del reino saldrían en su busca. Es posible que ya estuvieran siguiendo su rastro.

Narayani avanzó por el sendero del lago, cabalgó hasta un bosquecillo de pinos lo bastante tupido como para poder descansar en él con seguridad. Después de reponer fuerzas continuó el viaje sin detenerse hasta el anochecer. Entonces vio que había avanzado mucho y que el paisaje cada vez era más llano. Las rocas escarpadas de la montaña y los bosques espesos daban paso a suaves colinas en cuyas laderas crecía la tierna hierba *jusa*, un pasto excelente para el caballo, agotado por el largo recorrido.

Al bajar de la colina vio grandes espejos de agua que reflejaban el cielo: eran los arrozales, al borde de los cuales aparecían las chozas miserables de los campesinos, cubiertas de hojas y paja. Unas lavanderas hacían cestas a la entrada de las chozas.

Esa humilde aldea la emocionó. Era más hermosa que mil palacios perfumados de incienso. Había llegado. Se sintió segura. Bajo ese cielo, entre esa gente, nacería su hijo.

En los confines del reino

Suddhodana, rey de Sakya y padre de Siddharta, salió de su palacio de Kapilavastu en plena noche. Le esperaban con urgencia en la región noroccidental del país, en la frontera con el Estado de Kosala. El condenado sería ejecutado al amanecer.

Después de cuatro horas de viaje, cuando el rey vio los atuendos amarillos de los verdugos, comprendió que ya era demasiado tarde. La vaga esperanza de que conmutaran la pena de muerte por prisión se desvanecía ante sus ojos.

Los sakya ocupaban un territorio mucho más pequeño que los kosala, y desde hacía mucho tiempo estaban sometidos a la soberanía de ese reino más poderoso.

Suddhodana sabía que los kosala abusaban de su poder. Pero esta vez la afrenta era muy grave. El ambiente estaba cargado de violencia.

Ordenó a los soldados que detuvieran el carro. Quería bajar junto al cementerio y dirigirse a pie hasta el patíbulo.

En cuanto Suddhodana se halló ante el gran consejero y los verdugos su mirada se endureció y su rostro no dejó traslucir la menor turbación.

El consejero Kalabu habló primero:

—Bienvenido, Suddhodana, te transmito el saludo del gran rey Pasenadi. Mi soberano ha tenido que quedarse en la capital para resolver unos asuntos militares urgentes. Al parecer unos pueblos poderosos del oeste, los persas, quieren ocupar el valle del río Indo. No tiene tiempo de ocuparse de una vulgar pena de muerte. Tú, en cambio, no pierdes la ocasión de impartir justicia a tus súbditos, por eso el pueblo te quiere tanto. ¡Tú sí que das buen ejemplo! —Tras una breve pausa continuó—: A propósito de buen ejemplo, ¿cómo es que no ha venido tu adorado hijo Siddharta? ¿No lo traes contigo para que vea cómo hace justicia su padre?

—Siddharta no sale nunca del palacio.

—¿Por qué mantienes apartado a un heredero al trono? ¿Por qué no quieres mostrarle la crueldad y la verdad del mundo?

La fanfarronería del gran consejero empezaba a ser excesiva. Suddhodana trató de mantener la calma. Esta vez no le daría el gusto de responder a sus provocaciones.

—No es asunto tuyo. Llévame ante el condenado —ordenó.

El hombre estaba de rodillas con los brazos atados a la espalda. Tenía el cuerpo desnudo cubierto de cicatrices de latigazos y amoratado por las fuertes ataduras que lo inmovilizaban. Miraba al cielo: en la oscuridad malva que precedía a la salida del sol había visto brillar el pico del primer buitre. Delante de él los verdugos vestidos de amarillo afilaban la punta de la estaca que poco después le atravesaría.

—¿Qué crimen ha cometido para merecer el empalamiento? —preguntó Suddhodana.

—Este hombre es culpable de complicidad con los bandidos. Ha dado hospitalidad y refugio a una banda de salteadores.

Suddhodana no pudo callar: la injusticia que se iba a cometer era demasiado grave. Le dijo a Kalabu:

—Este suplicio es injusto. Sabes que soy contrario a la pena capital. Por eso me obligáis a introducirla en mi reino. Es un chantaje infame. ¡Te maldigo!

El condenado miró a los ojos al hombre que había pronunciado esas palabras. De modo que era cierto: Suddhodana nunca había dejado de ser un rey justo. Tenía piedad de él.

—Kalabu —continuó Suddhodana—, mi súbdito tiene derecho a saber cómo están las cosas: si me opongo a la ejecución tu rey declarará la guerra a mi reino, y mi pueblo no se librará del exterminio. Este hombre no va a morir como un criminal, su alma se salvará porque se sacrifica en nombre de la paz, por su gente.

La carcajada grosera de Kalabu resonó en el campo.

—Entonces veremos correr la sangre de un héroe.

El verdugo puso una guirnalda de flores rojas en el cuello del condenado, mientras le espolvoreaba la cabeza con ladrillo molido. El color era de sangre.

—Vas a ver, Suddhodana, con qué precisión trabajan nuestros verdugos. Es un alivio saber que no olvidan ningún detalle. Son verdaderos maestros. El redoble del tambor resonará en los campos, te enorgullecerá ver cuánta gente acude a la ejecución.

El rey Suddhodana no dijo nada. No lograba apartar la mirada de los ojos implorantes del condenado, que le miraba con insistencia.

Redoblaron los tambores. Pero no llegó nadie, el campo permaneció desierto, y el río, que pasaba junto al cementerio, parecía de piedra. Los habitantes del reino de Sakya no querían asistir a ese espectáculo macabro.

—Cien latigazos más al condenado —chilló Kalabu, desencajado.

El condenado recibió en la espalda los trallazos de los ásperos látigos de los verdugos. De su boca no salió ni un grito. Mientras en su carne martirizada se abrían profundos desgarros, no apartaba la mirada del rey. La sangre salpicó el hombro de Suddhodana. El rey no limpió la mancha, que tiñó el jubón blanco. Después del centésimo latigazo un verdugo agarró al condenado por su larga cabellera llena de polvo y sangre, y lo levantó.

Kalabu ordenó que plantaran el palo, comprobó por última vez su altura y tamaño: estaba perfectamente afilado. Suddhodana se unió a ellos, a unos pasos del patíbulo. La expresión de su rostro era grave: Kalabu todavía tenía que decirle algo.

—Rey Suddhodana, dada la importancia del acontecimiento considero mi deber concederte el honor…

El rey sostuvo la mirada desafiante. ¿Qué estaba tramando su enemigo Kosala?

—Te noto reacio —insistió Kalabu—. No temas, lo había previsto. No tienes la culpa de ser poco ducho en el arte de empalar, eso no está al alcance de todos, requiere cierta habilidad. Para hacerte un favor estoy dispuesto a cambiar de método. Toma este sable. Asistiremos a una decapitación.

El rey empuñó firmemente el sable, cuya hoja estaba tan afilada que podría cortar limpiamente un buey. Luego se acercó al condenado. Su paso era firme, su mirada resuelta.

—Desatadle y ponedle de rodillas —ordenó.

Cumplida la orden, los verdugos retrocedieron. Suddhodana blandía el sable con la diestra sobre la cabeza inclinada del súbdito, que sólo estaba encadenado en los tobillos. Se hizo el silencio. La expresión burlona desapareció del rostro de Kalabu: él sólo había pretendido provocar, no esperaba que el rey de Sakya llegara tan lejos.

Luego, con un movimiento fulminante, Suddhodana lanzó el sable. El condenado levantó la cabeza y por un instante sus miradas se cruzaron: ¿qué estaba pasando? Al ver adónde apuntaba el sable comprendió, y ejecutó una orden que parecía venir del cielo. Sus manos estaban libres, empuñaron el arma con una fuerza inusitada que el hombre no creía tener. Con esa misma fuerza el condenado se atravesó el pecho con la hoja del sable. En esa posición se desplomó a los pies de Suddhodana.

El gran consejero se quedó pasmado. No esperaba una afrenta semejante. Se volvió hacia Suddhodana clavándole una mirada llena de rencor.

—¿Por qué has hecho esto? ¿Por qué le has inducido al suicidio? Te has burlado de los kosala.

—Ningún déspota tiene tanto poder en sus manos como el que tiene un hombre, esclavo de la injusticia, de quitarse la vida.

—Esto no termina aquí, rey Suddhodana —replicó Kalabu—. Ahora te enseñaré lo que se hace con el cuerpo de un criminal.

Kalabu miró a los verdugos y les hizo una seña. Después de quitar los grilletes de los pies del condenado, los dos hombres vestidos de amarillo la emprendieron a patadas con él hasta ponerlo de bruces con las piernas separadas. Otros cinco hombres sostenían la estaca apuntando al ano del reo. A una segunda señal de Kalabu el palo afilado penetró por el orificio y atravesó el cuerpo al primer embate.

Cuando levantaron la estaca y la colocaron en el patíbulo, los miembros ensangrentados de la víctima se contraían con fuertes espasmos mientras el palo afilado le perforaba las vísceras. Las aves rapaces daban vueltas sobre su cabeza, listas para lanzarse sobre él y sacarle los ojos. Suddhodana miró el cuerpo martirizado por última vez. Dos huecos horrorosos le devolvieron la mirada.

A lo lejos, Suddhodana seguía viendo el patíbulo del empalado. Ese hombre se había sacrificado por la paz del reino. Ahora su voluntad era pura, la ley del *karma* estaba a su favor, y renacería como un ser libre. Junto al patíbulo los verdugos iban y venían como chacales, excitados por las risas. Esos hombres tenían sed de sangre. No tardarían en buscar más.

Las flechas del Gandiva

Cuando en la lejanía se divisaron las altas torres del palacio y las gruesas murallas de la ciudad, el rey Suddhodana sintió una fuerte emoción. Kapilavastu, la capital de su reino, estaba a menos de una hora de camino, y nada parecía haber alterado la paz de la ciudad y los campos desde su partida. A la alegría de la vuelta a casa se añadía la impaciencia de ver a su hijo Siddharta. ¿Cómo le recibiría? ¿Tan sonriente y de buen humor como de costumbre?

—Señor, estás pensando en Siddharta, ¿verdad?

—Sí —le dijo a su consejero espiritual—. ¿Cómo lo has adivinado?

—Se lee en tus ojos: es el único pensamiento que los hace brillar con ese destello tan especial.

—Ya. Pero te confieso que últimamente las cosas no son como antes. La verdad es que el futuro de Siddharta me tiene preocupado. Mi hijo tiene un alma demasiado sensible, observa la realidad con ojos demasiado agudos para un muchacho de su edad.

—¿Por eso no le dejas salir del palacio? ¿Quieres protegerle del mal que hay en el mundo?

Suddhodana se quedó pensativo.

—Pienso en lo que me dijo su madre Maya cuando lo trajo

al mundo: «Este niño es un regalo para el reino, traerá la paz. Pero su felicidad será envidiada por nuestros enemigos. Tendrás que defenderle y protegerle del mal».

—Pero ¿hasta cuándo crees que podrás protegerle? Algún día se hará mayor y tendrá que enfrentarse a la dureza de la vida.

—Siddharta ha madurado mucho. Yo también me pregunto hasta cuándo lograré mantenerle apartado de los disgustos.

De pronto el consejero lanzó un grito de alarma.

—Señor, la maldición de Kalabu ha llegado a las puertas de nuestra ciudad. La muerte sigue entre nosotros. ¡Mira!

Y señaló al pozo de Yaksha, última parada de los convoyes y las caravanas antes de entrar en Kapilavastu.

—Han matado a un explorador de nuestro reino.

El rey vio el cuerpo del soldado atravesado por una lanza. El cadáver yacía unido a su caballo, formando un montón de carne ensangrentada. El rojo oscuro de la muerte regaba la tierra como si también ella estuviera lacerada.

—Es una pesadilla hecha realidad. Nuestro soldado ha sido sorprendido por el grito de la venganza.

La crueldad aún no se había saciado, no había bastado con la sangre del reo.

—¿Qué vamos a hacer, rey Suddhodana?

—Descubrir al que ha osado ultrajar este lugar y hacer justicia.

El rey indicó que acercaran los caballos y ordenó a sus soldados que permanecieran alerta.

—Formad un círculo, las armas del enemigo tal vez ya se dirijan contra nosotros.

De un salto bajó del carro y se acercó a la víctima.

—Es una lanza de los vajji. Los kosala han llegado hasta las puertas de nuestra ciudad, se han infiltrado hasta el corazón del país. ¿Cómo es posible?

De pronto vibró en el aire el grito de la emboscada, que hizo temblar los árboles y acalló los demás sonidos, los relinchos de los caballos y el rechinar de las armas listas para el combate. El despliegue del enemigo era compacto, la tropa había adoptado la formación de *makara*, es decir, de pez.

—*Kraunca, kraunca!* —gritaba Suddhodana a sus soldados, ordenando que se colocaran en formación de garza, la única respuesta posible.

—Separaos, que cada cual luche por sí mismo.

Del frente contrario empezaron a llover los *astra*, terribles. armas arrojadizas erizadas de púas afiladas con los poderes mágicos de los *mantra*, que giraban como saetas. Era imposible esquivar esas púas rutilantes.

Pero sucedió un milagro: cuando un *astra* enemigo estaba ya a menos de un palmo de su ojo, un guerrero sakya consiguió agarrarlo y lo detuvo. Luego, soltando su arco, volvió a lanzar el arma misteriosa contra su adversario. Al principio el dardo mortífero siguió una trayectoria que parecía desviada, pero enseguida cambió de dirección. El *astra*, guiado por un poder sobrenatural, dio en el blanco con enorme precisión y hundió la sien del que lo había lanzado primero. El caballo desarzonó al guerrero vajji, cuya cabeza cayó, rota, en el barro.

En el campo de batalla se oyó un grito ensordecedor. Los guerreros sakya estaban reaccionando.

—Has quebrantado la regla, capitán. Si aún te queda honor militar, baja del carro.

En una zona apartada, junto al pozo de Yaksha, se libraba el combate más enconado, el decisivo, entre el carro de Suddhodana y el del jefe enemigo.

—¿De qué honor hablas, Suddhodana? ¿Acaso lo has demostrado tú al mofarte de la ley de la pena capital? Eres hombre muerto, tu reino será una tumba.

El enemigo arrojó la lanza apuntando directamente a la garganta del rey. Parecía que todo estaba perdido. Luego, majestuoso cual trompa de elefante, el recio arco Gandiva se tensó en los brazos del sakya. De modo que aún existía, Suddhodana no lo había perdido, aún ostentaba esa arma de antigua factura capaz de derrotar a un ejército, heredada de Agni, dios del fuego. El rostro del capitán vajji se demudó, comprendiendo que había llegado su hora. Del Gandiva salieron dos flechas incandescentes. La primera alcanzó la lanza enemiga y la rompió por la mitad, la segunda arrasó el cuerpo del capitán hasta dejar los huesos reducidos a cenizas.

El rey de los sakya bajó del carro y se arrodilló ante su arco invencible. Exhausto, apoyó la cabeza en el brocal del pozo. Cuando levantó la mirada vio que los vajji habían sido completamente derrotados; pero en el campo de batalla también se veían las bajas de los sakya. Entre ellas estaba su consejero.

—A ti, que hasta el final has confiado en mi proceder, que tu *karma* te dé la vida eterna.

Luego el rey miró el yacimiento de sangre, miembros amputados y montones de armas inservibles. Dio un traspié y tropezó en el cuerpo del explorador, el soldado sakya al que habían matado los vajji para que sirviera de señuelo. La mano del rey tembló al levantar el brazo del cadáver, y un escalofrío le recorrió el espinazo. Un puñal había marcado en la piel, casi a la altura del hombro, dos heridas en forma de rueda. El terror se apoderó de Suddhodana. Esas señales le resultaban demasiado familiares: ¡nadie las poseía, excepto Siddharta!

El príncipe tenía una rueda idéntica en las plantas de los pies como prueba del milagro de su nacimiento, que ahora suscitaba el odio y la envidia de sus enemigos. El que había hecho esas marcas había querido lanzar una terrible advertencia al reino Sakya. El peligro no era sólo de naturaleza política, venía de mucho más lejos, hundía sus raíces en las antiguas luchas entre los dioses. Suddhodana ordenó a sus valientes soldados que salieran de ese campo de batalla y de sangre y se refugiaran inmediatamente detrás de las murallas de Kapilavastu. Unas murallas que hizo elevar aún más para librar a su heredero Siddharta del horror.

El rey herido

La columna zunchada con anillos de bronce historiado señalaba el mediodía: la sombra del monumento era perpendicular al muro. Siddharta esperaba esa hora para ir a su cita secreta, el último encuentro con Yasodhara, la muchacha que había conocido junto al río y le había hechizado con su flauta. Esa noche ella partiría de Kapilavastu para volver a Ramagama, su ciudad. Era absolutamente necesario que llegara puntual, no podía dejar que se marchara sin escuchar una vez más alguno de sus relatos.

De pronto la sombra alargada que marcaba las horas en el suelo desapareció, como si el cielo se hubiera nublado. La guardia había abierto la puerta principal. Los tamborileros se alinearon en doble fila y, a la señal de uno de ellos, el redoble de los instrumentos resonó en todo el palacio. En un momento la explanada que había delante de la entrada se llenó de soldados que vitoreaban y alzaban sus espadas y los flabelos de los sakya. De pronto ese clamor cesó, la multitud abrió paso y uno tras otro los hombres se postraron al paso del carro de su rey Suddhodana.

Siddharta no acertaba a comprender por qué el grito alegre de saludo se había transformado en un doloroso silencio. Luego vio el carro dañado, a su padre conduciendo personalmente a los caballos, con la ropa rasgada y llena de barro. Detrás de él marchaba penosamente el diezmado pelotón de soldados llevando de las riendas a sus corceles, cubiertos de heridas que todavía sangraban. Alarmado, el príncipe fue al encuentro de su padre, que atravesaba las murallas del palacio.

—¡Padre, padre!

El rey bajó del carro. Se moría de ganas de abrazar a su hijo, pero se contuvo.

—Te saludo, Siddharta.

—Padre, ¿por qué tienes la ropa manchada de sangre?

—Ha habido una batalla, hijo. Pero los dioses están de nuestra parte: regreso victorioso. Nuestros soldados han derrotado al enemigo, estoy orgulloso de ellos. Tu padre está vivo.

El corazón de Siddharta latió con fuerza al darse cuenta de que había ocurrido algo muy grave, irreparable. No sabía cómo comportarse. Era la primera vez que veía a su padre herido. Sus fuertes hombros estaban llenos de cortes que atraían a las moscas, y parecía demasiado débil para espantarlas. Quería arrojarse en sus brazos, pero temía estallar en sollozos. No era el momento de llorar, debía mostrarse valiente, como se comporta un príncipe en circunstancias tan graves.

—Larga vida al rey Suddhodana, cuyo poderío iguala al del dios Indra —acertó a articular.

Aunque esa fórmula de saludo y celebración estaba dictada por el protocolo guerrero, creó entre padre e hijo una intimidad hasta entonces desconocida. Suddhodana sintió una turbación nueva para él cuando miró a los ojos al muchacho: desde luego Siddharta ya no era un niño. Con él debía ser sincero.

—Padre, ¿por qué tienes ese cansancio en la cara? ¿Qué hay ahí fuera, al otro lado de las murallas?

—No me preguntes demasiado, Siddharta. Confórmate con ver a tu padre sano y salvo.

—Yo también quiero ver lo que has visto tú y te ha asustado tanto. ¿Por qué no puedo salir del palacio?

—Porque serás un rey pacífico. Por eso no debes ver la guerra.

—Pero te veo a ti, padre, te veo volver de la guerra. Veo tu sangre, las murallas no me han impedido ver una parte de esa guerra. Yo deseo tu curación y la paz.

Suddhodana no sabía qué contestar. ¿Cómo le iba a decir que el odio del enemigo le amenazaba precisamente a él, a Siddharta?

—Es una orden, Siddharta: no saldrás de las murallas de Kapilavastu.

Dos guardias corrían hacia ellos llevando una camilla cubierta y lo necesario para los primeros auxilios.

—Majestad, hemos venido para llevarte a la sala de los médicos, te pedimos que sueltes las riendas. Hay que curar lo antes posible esas heridas para que no se infecten.

El rey inclinó la cabeza en señal de asentimiento, despacio, como si estuviera terriblemente cansado. Bajó del carro y se tendió en la camilla, transportada a hombros por seis de sus más fieles guerreros.

Siddharta se dirigió al bosquecillo de higueras. No quería hablar con nadie, deseaba estar solo. Recitó en voz baja un *mantra* por la curación de su padre. Se sentía triste. Hizo un esfuerzo, pero al final no pudo evitar el llanto. En su mente se agolpaban muchas preguntas sin respuesta. Vio una lagartija que comía una hormiga, lo que le hizo pensar en la culebra que podía tragárselas a ambas de un bocado, y luego en el halcón que baja en picado del cielo y agarra a la culebra. Esas muertes podían reproducirse hasta el infinito. Su padre no podía impedirle que viera esa guerra. Algún día saldría ahí afuera y lo vería todo.

Mientras reflexionaba, el príncipe oyó el canto de un pájaro. De pronto se acordó de la promesa que le había hecho a

Yasodhara. Pero el sol ya había empezado a bajar. Era demasiado tarde, a estas horas Yasodhara ya estaría en el camino de regreso a su casa, acompañada de sus padres. Lástima, Siddharta tenía más necesidad que nunca de hablar con ella.

En ese momento Chanda, el escudero amigo de Siddharta, salió de la cuadra y desde lejos vio que el joven príncipe seguía sentado entre los árboles. No se había movido de allí desde primera hora de la tarde. Chanda decidió que había llegado el momento de llamarle, pero notó algo extraño que casi le dejó sin aliento: mientras que las sombras de los árboles se habían desplazado siguiendo el recorrido del sol y caían hacia el lado opuesto, al borde del prado, la sombra que cobijaba a Siddharta seguía inmóvil sobre él.

La rueda de las vidas

Era de noche y Siddharta daba vueltas en la cama. Tenía calor. Retiró la manta de piel de carnero, pero seguía sudando.

Se levantó y se asomó a la ventana. No se veía casi nada, ni siquiera podía distinguir si la columna que tenía a la derecha era la de la jaula de los pavos reales. El dios Luna sólo mostraba una de sus dieciséis porciones.

Pensó en Kanthaka, su potro blanco. Por la noche nunca había cabalgado con él junto al río. ¡Ésa sí que sería una aventura! Pero las reglas del palacio le prohibían salir. Las palabras de su padre el rey Suddhodana eran tajantes, y Samu el mayordomo se las repetía todas las noches cuando le apagaba la linterna:

—Recuerda, Siddharta, que ésta es la regla de la noche: prohibido salir de casa hasta que salga el sol. Respeta el silencio y la inmovilidad del sueño.

«Estoy harto de reglas. No puedo más», pensó el príncipe, y cerró tras de sí la puerta de su alcoba. El pasillo estaba oscuro y en silencio.

El palacio era enorme y altísimo. Tenía nueve plantas, pero las torres, las buhardillas y las cúpulas coronadas de agujas lo hacían aún más alto. Los muros exteriores, con sus balcones y terrazas salientes, estaban cubiertos de pinturas y bajorrelieves de vivos colores, con escenas cubiertas de panes de oro y plata en las que se representaban las épicas gestas de Rama y su bella esposa Sita. Entre balcón y balcón se abrían ajimeces de los que colgaban tapices orlados de colores tornasolados como plumas de pavos reales. Pero por muy original que fuese la arquitectura exterior, eso no era nada comparado con el interior.

Siddharta recordó con una sonrisa la anécdota del mercader impaciente. Contaban que un día un mercader de seda, llegado a las puertas del palacio del rey Suddhodana, se empeñó en entrar solo. Desde entonces desapareció con sus treinta y dos estolas de seda, y ningún guardia le vio salir. Todo por no haber querido esperar la llegada de un acompañante. Por este motivo se ganó el mote de «El Impaciente», y corría el rumor de que aún estaba dando vueltas por el palacio.

En la oscuridad, Siddharta adelantó una mano y tocó algo frío. Era un objeto liso y redondo. La trompa doblada a un lado indicaba que era la cabeza de Ganesh, el dios «portador de dones» con cabeza de elefante. ¿Qué hacía ahí esa estatua?

Junto a Ganesh había una esquina: era un pilar. Quizá por la noche los objetos se movieran y vagaran por las estancias. Vagar era lo que estaba haciendo él en ese momento. No cabía duda: Siddharta se había perdido. Pero a lo lejos veía un resplandor. Se dirigió hacia allí. Entró en la habitación y se quedó maravillado. Los mil colores de los tapices colgados de las paredes resplandecían como estrellas. Las figuras representaban hombres, animales de todas las especies, árboles, dioses, carros, barcos y paisajes naturales. En esas viñetas, pensó el príncipe, estaba representado el mundo entero.

Una figura le llamó especialmente la atención. Era un gran árbol. El príncipe permaneció un buen rato delante de esa imagen. Era un árbol *shala* que crecía junto a un estanque de loto. Cerca de él, en otro estanque, nadaban peces y cangrejos. Por encima volaba una garza. El dibujo era perfecto, parecía real.

Vio que el árbol, la garza y los peces no estaban representados una vez, sino muchas. A medida que pasaban las imágenes, los labios del príncipe se movían dando voz a los personajes de lo que entendió que era una historia.

Estaba claro: la señora Garza era un ser maligno y artero. Cuando sobrevoló el estanque en el que chapoteaban los peces y los cangrejos sintió un fuerte apetito, y urdió un plan para zampárselos a todos. Se posó en la orilla y les propuso a los peces una vida mejor de la que llevaban en la poza.

—Vuestra agua es turbia —dijo Garza moviendo su largo pico voraz—. Cerca de aquí hay un estanque de loto donde el agua es pura y abunda la comida. Está junto al árbol *shala*, ése que se ve ahí tan tranquilo. Si queréis os puedo llevar a todos en mi pico.

—¿Por qué íbamos a fiarnos de ti? Eres una garza, y los tipos como tú nos comen —contestaron los peces con sus bocas redondas.

—Si no me creéis, ¿por qué no mandáis por delante a uno de vosotros? —propuso Garza—. Para que vea con sus propios ojos lo hermoso que es el estanque de loto. Yo misma le traeré de vuelta para que pueda confirmaros que lo que os he contado es verdad.

Después de una larga discusión los peces decidieron encomendar la misión a un pez viejo y coriáceo. Éste aceptó ser transportado por la señora Garza y se zambulló en las aguas del estanque de loto. Exploró el fondo y lo encontró espacioso y lleno de plantas. Le gustó. Mientras tanto, desde sus robustas ramas, el árbol *shala* observaba la escena con recelo, temiendo el engaño de Garza. Poco después el ave volvió con otro pez y, en vez de dejarlo en el estanque, se lo llevó a la copa del árbol y lo devoró. Uno tras otro, Garza se comió a todos los peces. Luego les llegó el turno a los cangrejos.

—Qué mal rato estoy pasando —lloraba el árbol *shala* agitando sus ramas delicadas—. ¿Cómo he podido asistir impotente a tamaña crueldad? La naturaleza, estas sólidas raíces hundidas en el suelo, no me deja moverme, y no he podido salvar a un solo pez. Ahora estoy lleno de raspas y caparazones.

Cuando terminó de revivir el relato pintado en los tapices, Siddharta estaba emocionado. Comprendió que él era el árbol *shala*. Lo había sido en una de sus vidas pasadas. Levantó la vista y miró a su alrededor. En las paredes se contaban otras historias. ¿Las historias de sus vidas? Las sienes le abrasaban y las plantas de los pies se le helaban sobre las baldosas. Tenía que resolver ese misterio. El misterio era él. Había llegado el momento de ir a ver al viejo Asita.

La elección

La cueva del templo estaba en los confines del palacio, en un lugar subterráneo excavado en la roca donde reinaba el silencio. Nadie podía acercarse hasta allí sin la aprobación del rey.

No era fácil adentrarse en esa caverna, pues daba miedo.

Según una leyenda ese lugar había estado dominado durante mucho tiempo por un demonio maligno, cuyos sortilegios habían retenido dentro de los muros animales feroces y nidos de serpientes. Gracias a Asita, el jefe de los brahmanes Sakya, y a los sacrificios que celebró, el mal fue expulsado y el santuario volvió a ser sagrado para los dioses.

Muchos poderes debía tener Asita para salir airoso de la empresa. Quizá por eso, pensaba Siddharta, el brahmán sería capaz de resolver el dilema y responder a la pregunta cada vez más acuciante: «¿Quién soy? —se preguntaba el príncipe—. ¿Qué significa realmente mi nombre, Siddharta? ¿Qué quiere decir alcanzar la meta para la que he nacido?».

De pronto una voz interrumpió los pensamientos de Siddharta.

—*Ammamsi amam hi te mahi. Bhuh, Bhuvah, Svah, Svaha!*

Eran unas palabras pronunciadas de corrido, a tal velocidad que se confundían unas con otras; parecía imposible entender lo que decían. Siddharta tardó un poco en comprender que la voz estaba recitando fórmulas sagradas de los Vedas: «Tú conoces, yo conozco tu grandeza. Ojalá pueda convertirme en todo este universo».

—*Ammamsi amam hi te mahi. Bhuh, Bhuvah, Svah, Svaha!*

La voz siguió recitando aún más deprisa; ahora las sílabas se fundían en la pronunciación de un sonido único, como si fueran una sola palabra. Siddharta nunca había oído nada igual. El sonido no llegaba de una dirección determinada, resonaba con claridad y procedía de varios lugares a la vez, como si lo emitieran miles de bocas abiertas en la roca. Lo que Siddharta escuchaba no podía ser otra cosa que la plegaria perfecta.

De pronto Siddharta notó la presencia de alguien. Ante él apareció un hombre con una barba que le llegaba a las rodillas. Llevaba puesta una máscara con forma de cabeza de elefante. Se la quitó.

—Soy Asita, y tú eres el príncipe Siddharta. Te conozco desde siempre, pequeño príncipe, te vi nacer. Delante de ti siempre he llevado esta máscara, sólo ahora puedes ver mi verdadero rostro.

Siddharta inclinó la cabeza y juntó las manos en la posición del loto.

—Me inclino ante ti, maestro Asita.

—Noble es el motivo de tu visita, Siddharta. No creas que no he esperado tanto como tú este momento. Leo con claridad en tus ojos la pregunta que te acucia. Cuando sepas la verdad sobre tu nacimiento ya no serás el mismo.

»Pero antes de contestar hay que preguntar: eso me atañe a mí. Antes de preguntar hay que contestar: eso te atañe a ti. Presta atención a lo que voy a preguntarte. La iniciación en el misterio de tu nacimiento comenzará al final del interrogatorio al que voy a someterte, sólo si resuelves todos los enigmas podrás acceder al conocimiento.

—Estoy listo, brahmán.

—Ojalá pueda tu mente alzar el vuelo como hace la divina ave Garuda que, por orden de Visnú, recorre inmensos espacios celestes y abre las alas hasta rozar los confines del universo. Responde, príncipe Siddharta, ¿qué hace salir el sol? ¿Y qué lo hace ponerse?

—Brahma el Creador hace salir el sol, y su *dharma* lo hace ponerse.

—¿Qué cuenta para el que siembra?

—La lluvia.

—¿Qué es más importante que la tierra?

—La madre.

—¿Qué cuenta más que el deseo de riqueza?

—La prole.

—¿Qué está sobre los cielos?

—El padre.

El interrogatorio fue agotador, las preguntas se sucedían sin permitirle coger resuello. Siddharta sentía un temor creciente a equivocarse, pero era como si las palabras le salieran espontáneamente sin que la mente llegara a controlarlas. Tal vez al salir de la cueva del templo no recordaría nada de ese encuentro con Asita, se borraría todo de su memoria.

—¿Qué es más veloz que el viento?

—El pensamiento.

—¿Quién duerme con los ojos abiertos?

—El pez.

—¿Quién permanece inmóvil después de nacer?

—El huevo.

—¿Cuál es nuestro primer deber?

—No ofender.

El brahmán no salía de su asombro: la rapidez del joven era digna de elogio. Sin cometer un solo error, Siddharta había contestado a más de cien enigmas con una agudeza extraordinaria. Su mente era límpida y pura, sin pensamientos inútiles, como la del que ha sonsacado el verdadero secreto de la meditación. Siddharta reunía las virtudes de los guerreros, los príncipes y los brahmanes en un solo ser.

—Está bien, con eso basta —dijo el brahmán con un tono que no quería delatar la admiración que sentía por su discípulo—. Hoy has aprendido la omnipotencia de los Veda, las fórmulas que contienen la doctrina del universo, el fundamento de todo lo que existe.

Pero para Siddharta las preguntas aún no habían acabado. Una de ellas le salió espontáneamente de dentro.

—¿Por qué sólo los brahmanes pueden estudiar los Veda, maestro Asita? Si éstos explican el significado del mundo, todos los hombres deberían aprenderlos.

Al oír esas palabras Asita se alejó del muchacho: ¿qué presunción se había apoderado del joven discípulo para inducirle a formular una pregunta tan peligrosa? ¿Con qué derecho osaba discutir el poder de la casta de los brahmanes, su absoluta superioridad espiritual sobre los demás hombres? ¿Qué había detrás de sus palabras?

«¿Cómo te permites…?», estuvo a punto de replicar el brahmán, pero no lo hizo por no dar más importancia aún a la provocación del príncipe. Prefería reafirmar su autoridad de otro modo.

—Olvidas, Siddharta, que el auténtico brahmán lo es por nacimiento, y para obtener la iniciación de los dioses no basta con la buena conducta y el conocimiento de las escrituras. El hombre común puede dedicar toda su vida a alcanzar la perfección, pero sólo el corazón de un sacerdote es completamente puro.

El príncipe no insistió. Se había creado una situación algo embarazosa. Asita ocultó su preocupación. En presencia de ese mozuelo de poder desconocido sus convicciones se tambaleaban, y sentía una inquietante propensión a no atajar las osadías de su interlocutor, como cuando tienes la seguridad de que van a reconocerte aunque lleves puesta una máscara. Asita se dio cuenta del peligro que encerraba ese poder, de las insidias que entrañaba esa fuerza. Se limitaría a contarle lo que sabía, lo que ya no podía ocultarle, aunque más tarde tuviera que arrepentirse de ello, porque ya estaba seguro: la suerte del reino dependía del destino de Siddharta.

—Y bien, Siddharta, ¿quieres escucharme ahora?

—Maestro, estoy ansioso por saber cuál es la finalidad de mi nacimiento.

—La reina Pajapati te ha desvelado el misterio de tu madre Maya, la que te concibió con el favor de las esferas celestes. Y tú me preguntas con qué fin sucedió eso.

—Sí, es lo que quiero saber.

El «fin», esa palabra le daba miedo, pero no podía echarse atrás. No, ya no.

—Dos son las Sendas a las que estás destinado —prosiguió el brahmán—. Las dos son Sendas de grandeza, pero también de continuas y duras pruebas. Sólo seguirás una de ellas.

—¿Cuáles son? Por favor, Asita, habla.

—Si eliges la de la izquierda, el lado del corazón, serás el más grande de los reyes. El más fuerte y sabio que ha existido nunca. Tu poder será ilimitado, darás una gran alegría a tu padre y honor a tu estirpe, les proporcionarás a los sakya un reinado extenso y duradero.

»En cambio, si eliges la de la derecha, el lado del intelecto, te reencarnarás en Buda, el Iluminado, no tendrás riquezas ni tendrás reinos fuera de ti mismo.

—No lo entiendo: si llego a ser rey podré servir a los hombres de mi reino, darles bienestar y justicia. En cambio si sigo la Senda del intelecto tendré que abandonarlo todo. ¿Cómo puede ser la segunda una Senda de grandeza? ¿Qué poder tiene Buda?

Asita estaba turbado, acababa de descubrir en Siddharta unas dotes desconocidas y ni siquiera sabía darle una explicación.

—No lo sabe nadie. Los hombres esperan su llegada pero

al mismo tiempo la temen, y si pudieran se negarían a reconocerlo.

—Brahmán, ¿cómo puedo elegir entre los dos destinos que me has profetizado? Uno de ellos posee certidumbres, mientras que el otro lleva a lo desconocido. ¿Quién me guiará? ¿Qué es lo que induce a un Buda a renunciar al trono de un reino poderoso?

Las preguntas de Siddharta resonaron en la cueva y se apagaron en el vacío: Asita se había marchado. Su desaparición fue tan súbita como su llegada, y el príncipe volvió a tener miedo. Huyó hacia una abertura por donde entraba la luz y corrió por el césped y las avenidas del parque. Quería olvidar, hacer como si no hubiera oído las palabras de Asita, el tono severo de la profecía.

Siddharta sólo tenía ganas de correr sin parar. Asita, lentamente, se puso la máscara.

El lejano Ganges

Yasodhara no dejaba de pensar en las palabras de Siddharta:

—Te prometo que estaré allí a esa hora, y así podremos despedirnos.

Pero no fue así, él no acudió a la cita. Le estuvo esperando un buen rato, siguiendo el lento movimiento del sol en su bajada hacia el ocaso. Al final se le hizo tarde y Yasodhara, desconsolada, se alejó del lugar de su cita secreta para dirigirse al carro donde le esperaban sus padres. Estaba decepcionada por el comportamiento del príncipe Siddharta. La noche de su regreso a Ramagama se propuso no volver a Kapilavastu y se prometió a sí misma que si un día se tropezaba con Siddharta no le dirigiría la palabra. Pero a medida que pasaba el tiempo Yasodhara se daba cuenta de que, pese a todo, le estaba perdonando. El rencor por su plantón había desaparecido, y su lugar era ocupado por una vaga pero constante sensación de nostalgia, debida al deseo de volver a ver a su amigo el príncipe.

La amistad de Siddharta no se parecía a las demás. Con él se podía hablar de todo, incluyendo temas de los que no había hablado con nadie. Le había contado sueños y fantasías, y él la había escuchado.

—¡El mar! —se habían dicho—. Un día haremos un largo viaje e iremos a ver el mar, que es cien veces más grande que el Ganges y ninguno de nosotros ha visto.

¿Por qué añoraba tanto la compañía de Siddharta? ¿Por qué, desde su partida de Kapilavastu, ya no se divertía como antes? Y por último, ¿por qué el príncipe sakya no salía de su palacio para ir a visitarla a Ramagama?

Tenía que hacerle llegar un recado: ésa sí que era una buena idea.

Yasodhara abrió la jaula de la corneja. El ave reconoció inmediatamente la señal y voló hasta su mano para picotear su comida preferida.

—A partir de hoy te ganarás la merienda —dijo la muchacha—. Si no olvidas nada de lo que te voy a decir, tu recompensa será mucho mejor que otras veces.

Poco después Paki la corneja alzó el vuelo y se dirigió al norte, hacia el palacio de Sakya, donde estaba el príncipe Siddharta. De vez en cuando repetía graznando:

—EL MAR, EL MAR ES CIEN VECES EL GANGES.

Yasodhara la miró hasta perderla de vista. Entonces notó los latidos de su corazón: era casi una sensación de miedo. ¿Encontraría al príncipe?

—¡Chanda, Chanda, despierta, es tarde! —repetía en voz alta la doncella llamando insistentemente a la puerta de la buhardilla del palafrenero amigo de Siddharta.

Eran más de las ocho y aún no había ido a trabajar. Fue inútil: al otro lado de la puerta nadie dio señales de vida. Preocupada, la doncella entró en el cuarto. Chanda estaba vivo, y daba vueltas en la cama profundamente dormido. Quién sabe con qué estaría soñando. La doncella le zarandeó.

—¡Despierta, Chanda! ¿Qué haces durmiendo a estas horas? El capitán de la escolta real está hecho una furia. Dice que sus soldados están listos para salir y los caballos todavía no han salido de la cuadra.

—Está bien, está bien. El mar, el mar... es cien veces el Ganges...

—¿Qué dices? ¿Te has vuelto loco? ¡Chanda!

Por fin la insistencia de la mujer dio resultado y el palafrenero se despertó, sobresaltado. Miró a su alrededor con ojos como platos: ¿dónde se escondía, dónde se había metido?

—¿Qué buscas, Chanda?

—¿Y tú qué haces aquí, es que vas a convertirte otra vez en corneja? —exclamó Chanda, dando un respingo al ver a la doncella.

—Chanda, me tienes muy preocupada, estás delirando. ¡Como no vayas volando a preparar los caballos el capitán de la escolta te va a enseñar lo que es bueno!

El hombre no la escuchaba. Se levantó de la cama y se puso a dar vueltas desnudo por el cuarto registrando todos los rincones.

—O a lo mejor te has escondido en alguna parte... ¡sal, corneja! —repetía.

La doncella le seguía, tratando de detenerle. Por fin lo logró, le inmovilizó y con un bofetón le hizo volver en sí.

—¡Ay, me has hecho daño!

Chanda miró a la doncella y luego por la ventana.

—El sol ya está alto y yo todavía aquí, ¡qué desastre! Gracias, si no es por ti me habría quedado todo el día durmiendo. Ha sido una nochecita terrible.

—Eres increíble. Mira, lo has dejado todo revuelto. Te comportabas como un endemoniado, delirabas en sueños y no conseguías librarte de tu pesadilla.

—¿Qué pesadilla?

—¿Cómo quieres que lo sepa? Lo único que sé es que hablabas de una corneja y no parabas de decir: «El mar, el mar es cien veces el Ganges».

—Calla, calla, te lo ruego, no pronuncies esas palabras. Tenemos que hacer un conjuro para librarnos del oráculo funesto de la corneja. Ese pajarraco entró en mi cuarto y se puso a revolotear sobre mi cabeza graznando sin parar la maldita frase.

—Cálmate, Chanda, aquí no hay ninguna corneja.

—¿Es que no me crees? Pues quédate si quieres, yo me largo de aquí antes de que vuelva ese monstruo. ¡Voy a trabajar, y no volveré a poner los pies en este cuarto!

El nacimiento de Siddharta

Por milésima vez Siddharta se miró las plantas de los pies marcadas con las ruedas. Esas ruedas se mencionaban en la leyenda de su nacimiento.

El rey Suddhodana, descendiente de Ikshavaku, dios del sol, era bondadoso y los hombres le amaban. Cuando le llegó la hora de casarse participó en el torneo ritual y ganó a los demás guerreros, llevándose a la mujer más bella y virtuosa del reino. Maya fue reina. Su esplendor igualaba al de Padma, diosa de la tierra a la que es grato el loto. Su nombre la hacía firme como la tierra, su voz era como el canto de las aves en primavera y sus cabellos tenían el color de la abeja negra. El rey y la reina llevaban una vida apacible.

Un día Maya tomó asiento a la derecha del rey y le habló. Su rostro era pura luz.

—Señor, he decidido llevar una vida piadosa y casta. La compasión embarga mi corazón, seré pura, ayunaré y mis palabras estarán desprovistas de orgullo y maldad. Por eso mis ojos brillan y mi sonrisa es radiante.

Después de un largo silencio, la reina prosiguió:

—Señor, respeta la austeridad de mi nueva vida, permite que viva recluida en las habitaciones de la parte alta del palacio, alejada de la vida de la corte y de las voces que siembran malos sentimientos. Siento que me ha llegado el momento de vivir aislada en la contemplación.

—Te concedo lo que me pides, reina Maya. Seguiré queriéndote como hasta ahora.

Maya vivió en la pureza hasta los cuarenta años, rodeada de criaturas celestes. El rey, además de su respeto, siguió brindándole todo su amor, aun a sabiendas de que nunca le daría la alegría de un heredero.

Una noche de primavera la reina vio en sueños una espléndida estrella con seis rayos del color de la perla rosa. El astro bajó del cielo y se transformó en un majestuoso elefante con seis colmillos, blanco como la leche. El Gran Ser atravesó el costado de Maya, iluminándola de lleno, pero sin causarle dolor.

Al despertar la reina sintió una dicha inmensa, que nunca antes había sentido. Acompañada de dos doncellas se dirigió a un lugar del bosque apropiado para el recogimiento, donde le prepararon un lecho de pétalos. Mandó que llamaran al rey para que asistiera al nacimiento de su hijo, el glorioso heredero semejante a un dios. El rey se arrojó rezando a los pies de la reina.

La tierra se estremeció como un barco con una ráfaga de viento. Del cielo sereno llovieron cálices de loto y en el aire vibró el sonido del OM, la Primera Palabra. En el bosque los pájaros y demás animales enmudecieron, florecieron los árboles fuera de la estación y el agua de los ríos se detuvo. En el éter redoblaron los tambores de los dioses. Había nacido el Maestro de la Liberación.

El rey, al ver que dos cascadas de agua, una fría y otra caliente, brotaban sobre la cabeza del recién nacido, se dirigió al gran Hechicero. Éste le dijo:

—Oh rey, regocíjate, la tierra no desea mayor fortuna que este hijo tuyo; próspero será su reino.

»¡Oh dulce reina, eres amada por todos los dioses y los hombres por este gran nacimiento! De tu vientre ha salido un Loto Celeste. Pero una espada deberá atravesar tus vísceras, eres demasiado sagrada para la vida terrenal. Por eso, al final del séptimo día, sin dolor, sonriendo, te quedarás dormida y ya no despertarás.

Por último el gran Hechicero le dijo al príncipe:

—Has salido del vientre en el curso adecuado.

»Has salido a la luz consciente y no confundido, después de purificar tu alma durante numerosas épocas cósmicas.

»Semejante al sol has bajado a la tierra, ante tus miembros resplandecientes todas las luces se eclipsan.

»¡Levántate y camina los siete pasos seguros, oh Semejante a la constelación de los Siete Hechiceros!

»Ésta es tu última existencia en el mundo, éste es el nombre que te has dado: Siddharta, el que ha alcanzado su meta. El que lleva la señal milagrosa de la Rueda Celeste.

SEGUNDA PARTE

El precio de la vida

Cuatro años después...

Narayani sabía que lo que estaban viendo sus ojos era el infierno, el reino infame del dios Mara. El cielo, sediento de sacrificios humanos, había echado a suertes girando la rueda del *samsara*, y esta vez le había tocado a Kamandaki, la aldea donde la joven cortesana, después de huir de la Ciudad de las Serpientes, había creído que por fin podría encontrar la libertad soñada. Pero ahora el sueño se había transformado en pesadilla. Como todos los habitantes de la aldea, Narayani vivía aterrorizada, abrumada por una desesperación que tenía el color lívido de la muerte y el olor acre de la enfermedad.

La peste había llegado a Kamandaki. La aldea, que se encontraba entre las montañas majestuosas y las llanuras de los grandes ríos, era una de tantas poblaciones cuyos habitantes se dedicaban al pastoreo y al pequeño comercio. No había ningún remedio contra el mal. Nadie conocía las causas de su repentina aparición, ni siquiera tenía nombre. De nada servían los antídotos de los médicos ni el poder de los hechiceros. La epidemia, transportada por el aire tórrido que se estancaba en la llanura y no era detenido por los muros de la aldea, reducía la vida de sus habitantes a una espera angustiosa. El contagio se propagaba con la velocidad de un suspiro.

La enfermedad se había enquistado en las grietas de la tierra endurecida por la sequía, y salía en forma de vapores turbios y efluvios venenosos que penetraban por doquier, se filtraban en la savia de las plantas y contaminaban la sangre de los hombres. Nadie se libraba, ni los viejos, ni las mujeres, ni los niños.

El pastor de ovejas de la aldea, un joven muy recio al que nadie había visto enfermo ni un solo día, fue uno de los primeros en caer. Su espalda corpulenta, capaz de levantar la albarda de un elefante, se llenó de bubones cárdenos que le pudrieron la carne.

—Tendríais que verlo —se decía en la aldea—. Camina como un espectro, parece un muerto en vida.

Murió a los pocos días.

—Le han encontrado debajo de un montón de ovejas muertas. Una a una fueron cayendo sobre el cadáver de su pastor, con la lana ennegrecida y las bocas desencajadas como en un matadero.

La aldea estaba alterada, entre sus enloquecidos habitantes cundía el recelo y la discriminación, la gente tenía miedo hasta de hablar: «¿Tendrá el aliento infectado?». Lo peor era deshacerse de los cadáveres. ¿Cómo iban a enterrarlos a todos, adónde podían arrojarlos, en qué piras iban a quemarlos? Los enfermos morían demasiado deprisa para que los vivos pudieran ocuparse de los muertos. Los miembros rígidos e hinchados de los cadáveres de caras negruzcas se amontonaban como basura a los lados de las calles y a las puertas de las casas.

Hasta las fieras que salían hambrientas de los bosques y los buitres que bajaban de los montes rehusaban alimentarse de los cientos de despojos desperdigados por el suelo con los vientres hinchados. Como si se asustaran de ese hedor nauseabundo, los depredadores daban la espalda a la presa y huían a refugiarse en la maleza, los pájaros de mal agüero permanecían en el cielo batiendo sus anchas alas. Los perros y los caballos no reconocían la voz familiar de sus amos y huían al acercarse el hombre. Las vacas, los búfalos domésticos, un número elevadísimo de reses enfermaban, se asilvestraban y caían fulminadas en los campos. Las manadas sueltas vagaban moribundas, emanando el mismo hedor que los hombres.

Lo mismo que los animales, las familias se dispersaban, el padre rechazaba a su hijo, los hermanos se rehuían. Los enfermos abandonaban a sus seres queridos, salían de sus casas y se dirigían a los cementerios improvisados. Otros, en su intento desesperado de seguir unidos, desafiaban a la muerte e iban a su encuentro sin luchar, como si el estar juntos les diera fuerzas para enfrentarse a ese terror desconocido.

Narayani asistió a la tragedia de un joven padre que en un solo día perdió a sus cinco hijos. En cuanto el mayor de los hermanos empezó a tener síntomas de fiebre y en su cuerpo aparecieron las primeras llagas, los demás bebieron su sangre enferma y se entregaron a la muerte como viudas suicidas en la hoguera de su marido. El padre ya no supo por quién llorar, durante varios días sólo vio vendas teñidas de sangre, los cuerpos de sus hijos sacudidos por violentos ataques de vómito y temblores, llenos de bubones.

—¿Por qué, por qué no me tomas a mí también, enfermedad maligna? —gritaba mientras tiraba del carro con los cinco cadáveres para arrojarlos al río.

El número de víctimas crecía de forma imparable, sobrepasando con creces a las de la guerra o el hambre. Día tras día la aldea se vaciaba. Si hubiera pasado por allí un forastero habría pensado que estaba desierta, de no ser por los gemidos y lamentos que salían de las casas de los apestados.

Cuando Narayani oía esos gritos se le partía el corazón y creía que iba a enloquecer. Con la cara siempre cubierta por un velo negro que sólo dejaba ver los ojos, velaba el sueño de su hijito Svasti, que acababa de cumplir tres años y medio. Desde el día de su nacimiento la joven se había desvivido por él y no le había dejado ni a sol ni a sombra. Nunca le abandonaría. Svasti estaría seguro con su madre, no tendría que pasar por el mismo calvario que ella: huérfana de madre y abandonada por su padre, había tenido que ejercer la profesión de cortesana en el siniestro palacio de Nagadvipa, del que había huido cuatro años antes descolgándose por la ventana de la torre. Pero ahora la única preocupación de la joven madre era mantener alejada la peste del cuerpecito indefenso de su hijo. Narayani ya no sabía qué creer, a quién pedir ayuda, en quién confiar.

El calor, bajo el cielo plomizo de esos días tristes, era insoportable, asfixiante. Se diría que un monstruo invisible oculto en las entrañas de la tierra había aspirado hasta la última bocanada de aire. ¿Cómo podía dormir tan profundamente el pequeño Svasti? La mañana estaba muy avanzada, a esas horas el pequeño solía estar despierto y correteando por todos los rincones de la casa. Pero los tiempos habían cambiado, Svasti pasaba casi todo el tiempo en su cuna, de la que Narayani no se atrevía a sacarlo, convencida de que el sueño era la única defensa contra la enfermedad y el horror. Que él por lo menos viera lo menos posible.

—Duerme, pequeño, sigue durmiendo. El mundo es demasiado feo para que lo veas. Te despertaré cuando todo haya pasado. Entonces no pararemos de jugar y reír.

Qué guapo era, con esos rizos morenos en desorden sobre la almohada, la manchita blanca en forma de gota que le adornaba el labio inferior desde su nacimiento, las manitas agarradas a la sábana. Con cuidado, para no despertarle, le inspeccionó de la cabeza a los pies. Un día más, como todos, suplicando en silencio a los dioses, con el corazón en un puño, buscaría minuciosamente alguna señal de la enfermedad. Siguió el ritmo de su respiración, que era tranquila y regular, le tocó la frente para ver si había algún cambio brusco de temperatura. No, el pequeño Svasti no tenía fiebre. Le desnudó con delicadeza y le examinó pasándole la mano por el cuello, detrás de las orejas, en las articulaciones. Exploró los brazos, la espalda, la garganta, no dejó un centímetro de piel sin examinar: no había ningún bulto, ninguna señal, el cuerpecito estaba intacto.

—Svasti, cariño, es hora de levantarse. Mamá ha preparado la papilla.

De pronto, antes de que el niño despertara con el tierno susurro de su madre, so oyó un grito de terror. Era la criada, que había abierto la puerta de entrada y había arrojado el cesto con la ropa que todos los días, por orden de su señora, llevaba a la fuente para lavarla cuidadosamente.

—¡Deprisa, huyamos! Los soldados están incendiando el pueblo. El fuego no tardará en llegar hasta aquí, y se quemará la casa, señora.

—¿Adónde vamos a ir?

Narayani, abrazando al pequeño Svasti, miró frenéticamente a su alrededor. La casa donde había vivido hasta entonces, donde había crecido su niño, parecía sacudida por un terremoto. Todo estaba en desorden, la angustia de los últimos tiempos había tenido el efecto de un vendaval. No podía dejarlo todo, algo tenía que llevarse consigo. Pero ¿qué? La joven intentaba pensar con lucidez, aunque sentía verdadero pánico.

—¿Cuánto tiempo tenemos? El crío está desnudo, tengo que vestirle. No ha comido.

—No hay tiempo, si no salimos enseguida nos quemarán vivos. —¡Muerte a los apestados!—, gritan los soldados, y arrojan sus teas a los tejados de las casas. Es la maldición del cielo que se abate sobre nuestras cabezas.

—¿Quiénes son esos soldados de los que hablas, que en vez de socorrernos quieren matarnos?

—No lo sé. Se dice que los manda un soberano poderoso y no se irán hasta que el fuego acabe con la peste.

—Maldito sea ese soberano que nos odia, ojalá ardan su corazón y su mente.

Narayani repitió tres veces la maldición con todo el desprecio de que era capaz su corazón. Luego le dijo a la criada:

—Coge fruta y pan de la alacena, serán nuestras provisiones. Yo me ocupo de lo demás.

Mientras tanto el niño había abierto los ojos y sonrió a su madre, como de costumbre. Pero fue sólo un momento, justo después su expresión era asustada.

—No te preocupes, Svasti, mamá te sacará de aquí.

Tropezando en la ropa que le había puesto su madre a toda prisa, el chiquillo se echó a llorar tratando de esconderse entre las piernas de Narayani, que intentaba coger unas mantas, lo estrictamente necesario para pasar las noches al raso.

—Deprisa, vámonos de aquí.

Narayani llevaba un atadijo en bandolera y, con el niño chillando agarrado a su vestido, señalaba la puerta trasera. Una amarga sorpresa dejó heladas a las dos mujeres. Un soldado tapaba la salida. Inmediatamente Narayani reconoció en su guerrera el odioso símbolo del rajá Dronodana: la serpiente del dios Mara.

—Quieta, mujer, ¿adónde crees que vas? Mi poderoso rey me ha enviado a esta aldea pestilente precisamente en busca de una mujer como tú con un hijo pequeño. ¿Quién me dice que no eres tú?

Narayani miró al soldado con desesperación. Debía tomar una decisión.

—¿Quieres saber quién soy? —Mientras hablaba, lentamente, puso al pequeño Svasti en brazos de la criada y le hizo una señal para que se alejara.

—Sí, ¿quién eres?

—Soy tu placer.

Los dos se miraron mientras la criada y el niño huían en la oscuridad. Narayani se descubrió el pecho.

Al cabo de una hora, cuando el soldado salió de la casa acalorado, no sabía que había cometido un trágico error. A cambio de una hora de lujuria había dejado que se le escapara la mujer que el rajá llevaba cuatro años buscando, con todas las fuerzas y toda la rabia de la que era capaz.

Las órdenes del dios Mara

Los gritos del rajá Dronodana retumbaron en la sala de reuniones. La torpeza se reflejaba en las caras de los soldados. Sucios, desbaratados, acababan de volver de su misión a la aldea de la peste y no sabían cómo responder a la furia de su soberano.

—Hatajo de imbéciles, mis espías me habían dicho que la puta y el niño estaban en ese pueblo, llevaban años viviendo allí. ¡Les tenía en un puño, de no ser por vosotros, inútiles!

Dronodana volvió a bajar la escalinata y pasó revista a sus guardias, uno a uno. Les miraba a los ojos y, sacudiéndoles las guerreras, les gritaba:

—¡Y tú, canalla! ¿Cómo es posible que no hayas visto a esa mujer? ¡Habla!

Sólo uno de los guardias temblaba como un flan. Aterrorizado, ahora se daba cuenta del tremendo error que había cometido al dejarse seducir por esa madre joven y atractiva.

—¡Pagaréis muy cara vuestra ineptitud! Podréis comprobar personalmente lo que significa pudrirse en las mazmorras de Mara. Allá abajo acabaréis deseando la muerte. Llevaos a estos inútiles —les gritó a los soldados de su guardia personal.

Dronodana caminó junto a las paredes del gran templo subterráneo, cubiertas de pinturas con escenas de los cielos gobernados por Mara, el dios terrible del Deseo y la Muerte. Casi todos los hombres y los animales representados tenían la boca abierta de par en par y hacían vanos esfuerzos por soltarse de los tentáculos que salían de las tres ruedas celestes de los renacimientos eternos.

Al llegar a la celda cuadrada del centro de la gruta su voz retumbó:

—¡Te invoco, dios! El fuego es la tierra, el fuego es el aire, el fuego es el cielo. Adoro el fuego, para el que he construido el altar sagrado. Aquí reside tu poder, Mara, porque en él se recogen todos tus deseos.

Mientras sostenía la urna del fuego del sacrificio que contenía el tizón ardiendo, Dronodana dio nueve vueltas completas al altar del *linga* recitando las fórmulas mágicas.

Al final de la novena vuelta cogió el tizón con las manos y lo arrojó a los pies del *linga*. En cuanto tocó el suelo se formó un enorme círculo de fuego alrededor del altar. De las paredes de llamas salían cabezas de cobra y toda clase de serpientes que se movían como tentáculos hacia él. Las serpientes estaban vivas, sus escamas viscosas se enroscaban en sus brazos y sus piernas. Dronodana no parecía darse cuenta.

—Honor al ave de color dorado que vive en el corazón de la tierra, la serreta, el cisne, el fulgor y el toro también están en este fuego. Honor a ti, dios Mara, que resides en el verdadero cielo. Ayuda a tu siervo. ¡He fallado! La mujer ha huido, y con ella mi hijo, aquel que, según tu designio, fue concebido la noche de violencia entre la puta Narayani y yo. ¿Acaso no me ordenaste tú que entrara en sus aposentos y la violara? ¿No era indispensable para tus planes el nacimiento de ese niño?

Las invocaciones de Dronodana se mezclaban con los gritos desgarradores de animales que llegaban de fuera. En el exterior de la caverna estaban degollando al ganado, en todos los rincones del reino se celebraban cruentos sacrificios en honor a Mara.

Luego todas las serpientes se hundieron en las llamas, y de las paredes de fuego, ante el rajá arrodillado, salió el rostro de Mara. El dios habló:

—Dronodana, fiel servidor, he oído tu plegaria. Los tiempos funestos están a punto de llegar, mi reinado corre peligro. La puta y su niño Svasti se están acercando a Siddharta. Eso no debe suceder. El ojo de Siddharta nunca deberá cruzarse con su mirada de dolor. Ellos son nuestro secreto.

El fuego volvía incandescentes las piedras del interior de la caverna. Luego aparecieron unas letras entre las llamas, formando una palabra. Se podía leer un nombre; al pronunciarlo, a Dronodana le temblaron los labios.

—S-I-D-D-H-A-R-T-A.

—¡Siddharta! —retumbó la voz de Mara—. Antes de llevar este nombre residía como ser luminoso en el cielo de los Bienaventurados. Yo fui el único de todos los dioses que me opuse a su descenso a la tierra, el único que fui consciente de la amenaza que suponía para mi reino. Si dejamos que se convierta en Buda, el mundo que me pertenece se vaciará.

—Omnipotente dios Mara, cuyo reino se extiende por los cielos, la tierra y sus profundidades. Fuego oculto por el fuego, y oculto por el huevo de oro de las mil aberturas, tu servidor espera órdenes tuyas. ¿Qué debemos hacer? Mi espada está a tu servicio.

—Deja la espada, la violencia humana es demasiado miserable para luchar contra lo divino. El peligro reside en su pensamiento y su palabra, contra eso debemos luchar. Siddharta debe permanecer encerrado en su palacio sin salir nunca al mundo. No debe encontrar al niño ni a la puta. ¡No debe!

Con la furia de Mara se alborotaron los dragones y los demonios, la tierra tembló y de las paredes de la gruta cayó una

84

lluvia de venenos. Luego, de pronto, el tiempo se detuvo y Mara mostró el poder de la palabra de Siddharta.

—Si su palabra sopla mi fuego, todo desaparecerá y yo seré aniquilado. El aliento de Siddharta entrará en el viento, su ojo en el sol, su mente en la luna, su oído en las regiones celestes, su cuerpo en la tierra, su alma en el espacio etéreo, sus pelos en la hierba, sus cabellos en los árboles, su sangre y su semen en las aguas. Así es el poder de Buda, que se extenderá hasta el fin de los tiempos.

El rostro de Mara se deshizo, miles de fragmentos afilados como vidrios rotos se clavaron en el suelo, atravesando la roca. El fuego se transformó en cenizas, y volvió el silencio.

Dronodana, agotado, cayó al suelo. Lo había entendido. Tenía que seguir buscando al niño Svasti y a su madre. Debía impedir que Siddharta saliera del palacio. Debía aniquilar a Siddharta el amado. ¡Maldito!

El caminante

El escudero Chanda, empapado en sudor, cabalgaba por el campo. Viajaba a la ciudad de Ramagama, donde la princesa Yasodhara esperaba noticias de Siddharta.

Hacía más de cuatro años que los jóvenes se veían en secreto. Entre ellos había nacido un amor del que Chanda no había dicho nada a nadie.

También esta vez Chanda estaba orgulloso de la delicada misión que le había encomendado Siddharta: comunicarle a Yasodhara el lugar y la hora de la próxima cita. El palafrenero tenía buenas razones para considerar esa confianza como una prueba de amistad.

A pesar del engorro de un viaje que no era nada corto, Chanda se sentía alegre y despreocupado. El cielo estaba despejado y la luz veraniega doraba los campos.

Pero de pronto una bandada de cornejas de plumaje negrísimo cruzó velozmente el cielo y se abatió como una sombra amenazadora sobre las mieses amarillas y perfectamente alineadas.

La nube negra alzó el vuelo y desapareció aún más deprisa.

Chanda, que no sentía la menor simpatía por esos pájaros, se sintió aliviado. Poco duró su alivio: del cielo, completamente despejado, llovió otra vez un torvo nubarrón de los mismos pajarracos. Ahora sus graznidos le parecieron más siniestros.

Las cornejas se abalanzaron sobre las ramas de un bosquecillo, confluyendo enloquecidas, mientras se picoteaban unas a otras, en un solo punto.

«¿Qué es lo que atrae tanto a esa bandada de pájaros?», pensó Chanda mientras su caballo, al paso, se acercaba al bosquecillo donde se habían posado las cornejas. Allí, en la linde de esa misteriosa mancha de árboles, Chanda detuvo bruscamente su caballo. Alguien le había oído llegar y le estaba llamando.

—Bienvenido, caballero, te estaba esperando.

Chanda miró a su alrededor, intranquilo. No vio a nadie.

—Sí, estoy hablando contigo. Me alegro de recibirte en mi bosque. Descabalga y acércate.

Chanda, asombradísimo, miró frente a él. Una figura negra, rodeada de cornejas, había salido lentamente de las hierbas altas. Debido a los reflejos del sol que se filtraban a través de las ramas, sólo podía distinguir la silueta: el cráneo pelado, el vestido largo y suelto, la espalda encorvada. Parecía un hombre muy viejo. Se acercaba con paso prudente y lento. Se recortaba sobre el fondo del bosque como la imagen de un dios a punto de desvanecerse en cualquier momento.

—No tengas miedo de las cornejas. Son portadoras de buenas noticias. Ellas me han anunciado tu llegada.

Chanda trató de esbozar una sonrisa para corresponder al extraño individuo que se había presentado como su anfitrión, pero no pudo: la visión le producía cierta inquietud.

—¿Quién eres? —El palafrenero no pudo retener por más tiempo la pregunta.

—Me llamo Arada, soy el caminante.

La mirada de ese hombre era risueña y cálida, a pesar de la extrema delgadez de su cuerpo y su rostro. Su piel arrugada, del color verde de las ortigas que llevaba en la mano, se pegaba como una funda a sus huesos, pero en vez de darle un aspecto enfermizo le hacía parecer un viejo y noble guerrero. Chanda nunca se había cruzado con un caminante como ése, nunca había oído una voz que infundiera tanto sosiego. Con un gesto expeditivo el hombre espantó a las cornejas, que fueron a posarse junto a una charca de agua fresca.

—Tú también, como ellas, necesitas descansar antes de reanudar el viaje —continuó Arada, señalándole la sombra acogedora de un árbol.

Chanda le siguió en silencio, ató el caballo junto al yambo bajo el que se había detenido el hombre, y tomó asiento junto a él.

El escudero y amigo de Siddharta creía estar soñando. Ese lugar tan acogedor, tan distinto del mundo que lo rodeaba, empezaba a gustarle. De la espesa copa del árbol colgaban guedejas de hojas tiernas que tapaban los rayos del sol. Algunas brillaban con la luz, transparentes como diamantes. La tierra exhalaba un fuerte olor a musgo y miel.

¿Para qué le había llamado ese hombre? Chanda se encontraba tan a gusto en aquel lugar que prefirió retrasar la pregunta. Por otro lado, como permanecer allí sin decir nada empezaba a resultar embarazoso, el palafrenero optó por romper el silencio:

—Llevo más de cuatro años recorriendo este camino y nunca había visto este bosque. Parece como si hubiera surgido de la nada.

—En cierto modo es así —contestó Arada.

—¡Ya! —dijo Chanda por toda respuesta.

—Disfruta de esta calma. Tenemos muchas cosas de que hablar, Chanda —dijo Arada para tranquilizarle, dándose cuenta de la impaciencia de su interlocutor.

—Perdona, pero es que no entiendo nada. ¿Cómo sabes mi nombre?

—Ya te lo he dicho. Las cornejas me han hablado de ti. Pero no me preguntes más. No es de eso de lo que tenemos que hablar.

—Entonces, ¿de qué?

—Te quiero hablar del día en que brillará el lucero más resplandeciente que ha aparecido nunca en la noche de los hombres. Se acerca el día que tanto he esperado. Pronto tendré que salir de este bosque. Ese día me encontraré a la orilla del río sagrado.

—¿El Ganges?

—Sí, el río adonde vendrá a buscarme él, el hombre a quien estoy esperando.

—¿Quién es? —le apremió el palafrenero, cada vez más ansioso de saber—. ¿Quién es el hombre al que estás esperando?

—Es el hombre que cambiará mi vida y la de otros como yo. Una noche saldrá de la ciudad de Kapilavastu, capital del reino de Sakya, y vendrá a recibir algunas de mis enseñanzas.

Chanda se quedó atónito.

—¿Alguien de Kapilavastu? ¿Quién?

Arada sonrió. Comprendió que sus palabras habían confundido al pobre Chanda.

—Es normal que no entiendas nada, lo siento, la culpa es mía. El hombre del que hablo aún no está preparado para emprender su viaje. Pero en el fondo de nuestro corazón cada uno de nosotros espera su partida.

—¿Por qué, qué ocurrirá cuando se ponga en camino?

—Toda la ciudad de Kapilavastu temblará. Las altas murallas se derrumbarán como montones de arena, y del cielo lloverán pétalos. Pero la cosa no acaba ahí.

—¿Qué más ocurrirá?

—Los que le vean partir sabrán mejor que yo lo que ocurrirá. Serán ellos quienes relaten su historia a los siglos venideros.

—¿A quién te refieres, Arada? ¿Quiénes son estas personas?

—Me refiero a la mujer que le ama: con él tendrá que afrontar la prueba más dura del amor: en su corazón albergará un sentimiento semejante al de la diosa Ganges por Siva, el ardiente.

»Y luego está su padre. Su sabio progenitor, que ha acumulado envidiables riquezas para ese hombre, aún no sabe los cambios que se van a producir en su vida cuando se marche su hijo.

Arada vaciló un momento. Por su rostro huesudo cruzó una sombra.

—Aunque…

—Aunque… ¿qué? Por favor, sigue hablándome de ese hombre extraordinario, me gustaría llegar a conocerlo algún día.

—Aunque —prosiguió Arada— no se descarta que pueda cometer errores irreparables, que pueda extraviarse en el camino y renunciar a su sagrada misión. Si es así, ese hombre bendito y temido se alejará de la verdad, y entonces las fuerzas malignas podrán llevar adelante sus planes de destrucción del hombre, reduciéndolo a la ignorancia y la esclavitud para dominarlo mejor. Temo por él, por mí y por el mundo entero.

—¿Qué fuerzas malignas son ésas? Arada, te lo suplico, dímelo.

—Ni siquiera yo conozco el rostro humano tras el que se esconden, veo máscaras de odio. Pero sé que su poderoso reino, que penetra en las entrañas de la tierra, obliga a la guerra y a la lucha eterna entre el bien y el mal. Una lucha ciega.

—¿Sabes, por lo menos, cómo se llama ese hombre? Yo también procedo de Kapilavastu, ¿le conozco?

Arada soltó una carcajada cómplice y afable. Tal vez había ido demasiado lejos con el escudero. Éste no se imaginaba hasta qué punto conocía al gran hombre del que estaban hablando.

Arada no podía desvelarle a Chanda el nombre de Siddharta, no lo entendería. Se guardó el secreto. Sacó un guijarro del bolsillo de su vestido. Parecía un guijarro vulgar y corriente.

—Toma, te regalo esta piedrecita. Guárdala, te protegerá. Vamos a despedirnos, tienes que seguir tu viaje.

Chanda se alejó a caballo. Se volvió varias veces para saludar hasta que el extraño peregrino desapareció en la espesura del bosque.

El palafrenero estaba tan turbado, la emoción de su corazón era tan fuerte, que al alejarse del bosque de Arada el caminante no se dio cuenta de que estaba siguiendo una dirección equivocada. Con el caballo provisto de todo lo necesario, Chanda había emprendido un camino nuevo, que le llevaría adonde su destino le llamaba.

La espera del Buda

Aún no había salido el sol: había llegado la hora de partir. Siddharta entró en las caballerizas, ensilló su caballo Kanthaka y cabalgó hasta el río.

Allí arrancaba el sendero que llevaba al refugio secreto. Era el lugar que había elegido para su próxima cita con Yasodhara. Siddharta estaba impaciente por verla. La luz de una noche que aún no había terminado hacía la espera aún más dulce. El príncipe estaba tan emocionado que hasta le daba apuro: ¡no estaba acostumbrado a sentirse así de romántico! ¿Qué cara pondría su novia secreta al ver un lugar tan recóndito, en medio de un laberinto de zarzas y matas? Siddharta saltó del caballo y avanzó a pie sin dudar, como si el recorrido lo hubiera trazado él mismo.

En ese momento llegó alguien. Una figura descabalgó justo después que él, se detuvo detrás y permaneció en la sombra.

Siddharta no veía bien al jinete porque la reverberación del amanecer confundía sus rasgos. Se adelantó.

—¿Quién vive?

—Siddharta, ¿no me reconoces?

—¡Chanda! Ya has vuelto.

—Verás, Siddharta, no sé cómo decírtelo. Lo siento mucho.

El joven palafrenero balbucía, no sabía cómo dominar su aturdimiento.

—¿Qué te ha pasado? —le preguntó Siddharta, que nunca había visto a su amigo palafrenero tan turbado.

—Perdóname, príncipe, no he llegado a mi destino. No he cumplido tu encargo.

—¿Quieres decir que no has visto a Yasodhara? ¿No has hablado con ella?

—Por favor, no lo tomes a mal. Deja que te explique.

Chanda le contó en pocas palabras el episodio del yambo y el caminante. Se deshizo en excusas y le dijo al príncipe que era como si se le hubiera olvidado el camino. Después de vagar por montes y llanuras completamente perdido, como en sueños, al menos había tenido la suerte de regresar a Kapilavastu.

—Pero hoy mismo lo pienso remediar. Basta con que me lleve otro buen caballo de la cuadra —propuso Chanda para tranquilizar a su amigo.

—No, déjalo. Ahora no. Háblame de ese caminante. Quiero saber más cosas del yambo.

A Chanda casi se le saltaban las lágrimas, tan fuerte era la emoción de ese encuentro. Aún le parecía tener delante al viejo Arada.

—Escúchame con atención, Siddharta. Tengo que contarte lo que me ha ocurrido durante el viaje.

—Habla, para eso estamos aquí. Aparte de mí no te oirá nadie.

Chanda habló largo y tendido. Describió con precisión todos los detalles de lo que había visto, le contó la sensación de paz que le había transmitido el viejo caminante.

No pasó por alto el asunto que más le había intrigado: la partida de Kapilavastu de ese hombre excepcional.

—Ese hombre está dispuesto a correr los peligros que haga falta. Se enfrentaría con cualquiera con tal de marcharse y emprender su nuevo y solitario camino por el bosque, en la senda del sagrado Ganges —dijo Chanda, y los ojos le brillaban.

Al oír esas palabras Siddharta casi se desmaya. El joven príncipe escuchaba con curiosidad la profecía que le habían referido a su amigo Chanda en el bosque encantado, pero sólo entonces se dio cuenta de que la descripción del hombre le concernía personalmente. Estaba claro, el hombre mencionado por Arada era él. No podía ser de otra forma. El camino a la orilla del Ganges y a través del bosque era el del Buda: la senda que se oponía a su otro destino de convertirse en rey de Sakya, igual que su padre Suddhodana.

Arada no era un simple caminante, sino un asceta. Había querido enviarle un mensaje, recordarle su verdadera misión.

Siddharta comprendió que había llegado el momento de elegir. La partida, la fuga del recinto del palacio, no podía demorarse más.

Y Siddharta se decidió. De pronto fue como si subiera los peldaños de una escalera vertiginosa que se hundía en el centro de la tierra y se elevaba hasta el cielo. La voz que había oído en su interior durante los años pasados había vuelto, tonante y clara. Debía partir.

Sin que nadie le viera, Siddharta saldría del palacio de los sakya, huiría de Kapilavastu y comenzaría su nueva vida.

Pero ¿qué había querido decir el caminante al hablar de esas fuerzas oscuras que le traicionarían?

—Dime más cosas, Chanda. ¿Quiénes son esos rostros desconocidos? ¿Quiénes son los perseguidores, los enemigos de ese hombre?

—Arada no me lo supo decir, ni siquiera él conoce los nombres de los enemigos.

Siddharta se asustó.

Las imágenes de su concepción prodigiosa y de su nacimiento, tal como los narraba la leyenda, se agolparon en la mente del joven Siddharta junto con muchas otras de origen desconocido. Eran recuerdos confusos, historias de hombres y animales que se habían sacrificado a sí mismos entregando su cuerpo para la salvación de sus semejantes. Todas esas imágenes, invariablemente, terminaban con la misma escena: un joven tendido en un lecho de pétalos en lo alto de una torre, frente a un cielo inmenso que se cubría con los colores del arco iris. ¿Quién era? ¿También él, Siddharta? ¿Qué otros acontecimientos de sus vidas pasadas estaban aflorando?

Siddharta se volvió hacia Chanda. Su amigo ni siquiera imaginaba lo valiosa y decisiva que había sido su ayuda. Le entraron ganas de abrazarle, de expresarle lo que echaría de menos su amistad después de partir. Pero no podía. No debía cometer el error de revelar sus planes. Ni el propio Chanda lo entendería.

—Tengo que hacerte una última pregunta, Chanda. ¿El caminante no te dejó algo en recuerdo?

—No, creo que no.

—¿Estás seguro?

El escudero se quedó pensando un momento y luego buscó en los grandes bolsillos de sus calzones.

—Claro, qué tonto soy, se me había olvidado. Mira: un guijarro, me dio esto diciéndome que me daría suerte.

Siddharta cogió el guijarro y se puso a darle vueltas en la mano examinándolo con atención. Se estremeció al ver que llevaba una marca casi invisible. La piedrecita tenía dibujada una rueda, contraseña inconfundible de su nacimiento, como las dos ruedas que marcaban las plantas de sus pies.

—¿Ves algo de particular en ese guijarro, príncipe?

—No, nada —contestó Siddharta—. Consérvalo, no lo pierdas, creo que el caminante tiene razón: te dará suerte. Vaya, qué tarde es. Tenemos que despedirnos.

—¿Tarde? Pero si acaba de amanecer, el sol apenas se ha elevado sobre el horizonte. Príncipe Siddharta, ¿adónde te diriges tan de mañana? ¿Y Yasodhara? ¿Es que no te importa? ¡Siddharta, Siddharta!

Pero la llamada del escudero Chanda no recibió respuesta. El caballo Kanthaka ya había saltado los altos setos que separaban el refugio secreto del resto del parque real. Veloz como el rayo, galopaba espoleado por su amo.

Las manos de Siddharta se agarraban a la áspera crin blanca, que ondeaba con el viento y la carrera. Nunca se habían sentido tan libres.

Supervivientes

En los caminos y los campos se repetían las mismas escenas terribles. Había cientos de fogatas, y los incendios devoraban a los vivos, los muertos y los enfermos.

Un viejo que se había quedado solo en el mundo, olvidado por la epidemia y los soldados, se encorvó sobre su bastón y, apartándose al borde del camino, se introdujo con la mano el pañuelo en la garganta. Murió en esa posición, vuelto hacia su aldea, guardando en sus ojos hasta el final la imagen de su herrería y de su único hijo varón, quemado entre esas paredes.

Narayani apretaba contra su pecho al pequeño Svasti. La angustia la atenazaba, no podía olvidar el asco y el terror que había sentido con aquel soldado, pero esa última humillación le había salvado la vida. A ella y a su hijo. Ni entonces ni nunca se saldría Dronodana con la suya. Estaba claro, pensó Narayani. Ahora Dronodana lo sabía. Sabía que el pequeño Svasti había sido concebido esa lejana noche de terror en la que Dronodana la había tomado por la fuerza. ¡Pero a su hijo no lo tendría nunca!

La joven madre caminaba penosamente unida al grupo macilento de los supervivientes, hombres agotados por el cansancio y martirizados por la sed, ojos que buscaban a una esposa, a una novia, a unos hermanos, una escapatoria, un camino despejado de soldados. El llanto incesante de las mujeres, que nadie osaba consolar, era interrumpido por las preguntas de los niños:

—¿Dónde está papá? ¿Por qué no ha venido con nosotros?

—Ahora viene —contestó la madre—. No puede dejarnos solos.

—Es inútil que les mintamos —intervino una mujer más vieja—. Debemos decirles la verdad, lo que están viendo no es una pesadilla, es la realidad. Lo hemos perdido todo.

Pero los que salían del recinto de la aldea como un rebaño enloquecido se decían muchas cosas sin sentido, acalladas por la crepitación ensordecedora de los incendios. La gente huía aterrorizada, incrédula ante su desgracia. La aldea, ya asolada por la misteriosa epidemia, estaba siendo destruida por un enemigo igual de desconocido. ¿Quiénes eran esos jinetes que habían venido a matarles? ¿Qué dios les había enviado a quemar sus casas y acabar con sus vidas? Nadie tenía la respuesta.

—Es Dronodana, el rajá de Nagadvipa, él es quien ha mandado exterminar a nuestra gente —gritaba Narayani.

El viento se llevó sus palabras, nadie la oyó. La mujer estaba rodeada de personas envilecidas y abatidas, demasiado débiles incluso para odiar. La única lucha posible era la lucha por la supervivencia.

—Apóyate en mí, no te sueltes —decía una muchacha que sostenía a un viejo—. Más adelante encontraremos un sitio para descansar.

—Déjame aquí, sigue tú.

Las piernas del hombre cedieron y sus huesos crujieron cuando cayó al suelo. La muchacha se arrodilló, sollozaba y no quería soltar el brazo del enfermo. No estaba muerto, aún podían socorrerle. Dos hombres se adelantaron, levantaron al viejo y cargaron con él, turnándose por el camino, mientras trataban de consolar a la muchacha, que lloraba. Luego el viejo murió y le dieron una rápida sepultura.

Cayó la noche, que los fugitivos pasaron a pocas millas de la aldea, pero ya habían atravesado el bosque y habían llegado al límite de la llanura, en una zona surcada por varios riachuelos. La pobre gente, agotada por un día entero de marcha, se refugió en una pequeña cueva. En el cielo aparecieron las gigantescas nubes de agosto y cayó un fuerte aguacero. No faltó quien, al pensar que la lluvia habría apagado el incendio de la aldea, acarició la idea de volver. Pero luego se lo pensó mejor: lo que encontraría ya no sería su aldea.

Los torrentes bajaban de los montes bramando y arrastrando todo lo que encontraban a su paso. El hombre que había sentido nostalgia juró haber visto pasar la viga de su propia casa.

Narayani miró al pequeño Svasti, que no conseguía dormirse, con las mejillas enrojecidas por el llanto y los ojos hinchados por el miedo y el cansancio. Vio a la gente durmiendo en el barro y compartiendo un trozo de manta.

—No podemos quedarnos aquí. Esta misma noche nos iremos.

La madre había tomado una decisión: seguirían viajando solos. No era seguro permanecer en el grupo, entre los prófugos podía haber gérmenes de la enfermedad y, tal como estaban todos apiñados, podía producirse un nuevo contagio. Además el grupo avanzaba demasiado despacio y tarde o temprano sería descubierto por los soldados de Dronodana. Hasta entonces había conseguido pasar inadvertida, pero no podía seguir arriesgándose. No debía olvidar que para esos soldados sin escrúpulos ella sólo era Narayani, la cortesana fugada a la que habían estado buscando todo ese tiempo. Lo mejor que podía hacer era separarse de los fugitivos y caminar mientras tuviera fuerzas hasta dar con un techo donde poder alimentar a su hijo.

—¿Adónde crees que vas con ese niño cansado y enfermo? ¿No ves que ahí afuera está diluviando?

Pero la voz de la mujer no detuvo a la madre imprudente que se abría paso entre los cuerpos amontonados y encogidos, tropezando en las pilas de trapos y bártulos. Nada impidió la nueva fuga de Narayani.

Parecía una locura aventurarse por esos territorios inmensos y en gran parte desconocidos, que se extendían en todas direcciones y donde se decía que aún vivían tribus salvajes.

Entonces recordó que cuando escapaban de la aldea se oyeron voces que gritaban el nombre de una ciudad a la que había que dirigirse. Esa gente había indicado que la única salvación era cruzar la frontera de un reino que se extendía por la ladera occidental de la sierra y llegaba hasta la llanura del Ganges.

—Cuando lleguemos a Kapilavastu estaremos a salvo.

—Kapilavastu es nuestra meta.

—Hay que aguantar hasta llegar a Kapilavastu.

Hablaban de una capital con tejados dorados y grandes alamedas, donde reinaba un soberano justo y sabio. Decían que en ese reino no negarían hospitalidad y ayuda a unos pobres fugitivos expulsados de sus casas.

Animada por esa esperanza, que en su incierta situación era lo único a lo que podía aferrarse, Narayani apretó contra su pecho al pequeño Svasti envuelto en una manta y se encaminó hacia el oeste.

La estación húmeda acababa de empezar y la lluvia caía a chaparrones, se detenía y volvía a caer con más fuerza. Narayani avanzaba en medio de la oscuridad, apretando el paso o deteniéndose de vez en cuando, a merced de los caprichos del cielo. Salió del bosque, atravesó los cañaverales, rodeó una loma y buscó un vado para cruzar un río. Cogió unas bayas y ortigas para dar de comer a su hijo, y ella también comió.

Por último, cuando ya no podía soportar el cansancio, las privaciones y el dolor físico, agudizado por las llagas que ensangrentaban las plantas de sus pies, Narayani llegó a la llanura con los primeros albores. De ese horizonte, velado por una luz blanquecina filtrada por las nubes, partía un camino desmontado, trazado por el paso de los carros. Más adelante, siguiendo ese camino, vio la primera señal de presencia humana. Al borde del camino, rodeada de una cerca pintada de rojo, había una casa aislada con techo de paja y travesaños de bambú. Las piernas de la joven y los brazos que sostenían al niño dormido tuvieron un súbito desfallecimiento. Ante esa meta inesperada Narayani sitió de pronto todo el cansancio acumulado en una noche de dura e interminable marcha. Pensó en sus condiciones lamentables, que le darían un aspecto impresentable: la ropa desgarrada, el cabello enredado y sucio, los arañazos en las piernas y quién sabe cuántas cosas más que desfigurarían su rostro y su apariencia. Los habitantes de la casa podían echarla de allí, creyendo que era una intocable. En ese caso intentaría contarles su historia, las vejaciones que había sufrido y el infierno por el que había pasado. Con el cuerpo y la mente agotados, la joven madre se desplomó ante una cancela de madera que daba a un gallinero, y se quedó dormida junto a su hijo.

En la puerta de la casa apareció la figura corpulenta de una mujer con aspecto atareado. La casa a la que había llegado Narayani era una de las muchas posadas que jalonaban el camino para que descansaran los mercaderes.

—¿A qué viene tanta bulla, gallinejas desplumadas?

La mujer dio unos pasos arrastrando los pies, se detuvo ante la cancela y puso unos ojos como platos. Por su posada había pasado gente muy rara, pero nunca había visto una mujer y un niño tan malparados.

—¡Pobrecillos, estáis hechos polvo! Menos mal que aún respiráis. Ya me encargaré yo de que recuperéis las fuerzas.

La posadera levantó sin esfuerzo a la madre y al hijo y les llevó dentro de la fonda.

—Ahora a dormir un buen rato, y luego estaréis como nuevos.

«Quién sabe lo que contarán estos pobrecillos cuando despierten», pensó la posadera entornando la puerta de la alcoba y mirando compasivamente a la madre y al hijo, que dormían profundamente, abrazados.

101

Una despedida difícil

Al llegar junto a la torre de la bienvenida, la entrada principal de Kapilavastu, capital de Sakya, Yasodhara ordenó al cochero que detuviera la carroza para bajar.

—Princesa, aún no hemos pasado la muralla. No puedo dejarte hasta que lleguemos al palacio.

—Quiero atravesar yo sola esa muralla. Detén el caballo, quiero seguir a pie. Si no lo haces soy capaz de saltar de la carroza.

El cochero cumplió la orden y ayudó a bajar a su pasajera delante de la gran puerta. Los guardias que vigilaban la muralla, después de examinar el salvoconducto de ambos y reconocer a la joven visitante, no dijeron nada. Pensaron que era una extravagancia divertida de una muchacha noble.

Pero Yasodhara no lo hacía por capricho. No era por diversión por lo que pedía que la dejaran sola. La princesa, al llegar de su corte de Ramagama, estaba triste.

Quería ver de cerca esas murallas que la separaban de Siddharta, tocarlas, sentir con su mano lo ásperas e imponentes que eran. —De aquí, el hombre al que amo, el hermoso príncipe, no ha salido nunca— decía para sus adentros Yasodhara mientras sentía que la piedra, abrasada por los rayos del sol, le quemaba los dedos de la mano. Nunca como entonces esas murallas altísimas le habían parecido tan crueles. ¿Por qué esta vez Siddharta no había dado señales de vida?

Habían pasado cuatro años desde que aquella corneja le transmitiera su primer mensaje de amor, su promesa infantil. «El mar —se habían dicho—, juntos veremos el mar.» Durante todo ese tiempo les había unido un sueño: un amor de infinitas promesas y citas secretas, de besos apresurados y apasionados. Siddharta y Yasodhara habían reído, se habían abrazado, habían crecido juntos, con la imagen del otro en la retina. Ese sentimiento de jóvenes amantes les había creado la ilusión de que no acabaría nunca.

Yasodhara avanzó hacia el parque real y el río Rohini. Allí, donde estaba segura de que lo encontraría, vio a Siddharta. El príncipe tenía el arco en la mano, lo miraba como si quisiera grabárselo en la mente, como si estuviera a punto de dejarlo para siempre, y no se percató de su presencia.

Yasodhara reconoció la verdad en sus ojos: de modo que era verdad, Siddharta había cambiado, algo había sucedido.

De pronto Siddharta soltó el arco. La turbación le sorprendió como una punzada en el pecho. Entre los troncos apareció el rostro de Yasodhara, severo y triste. Sus ojazos lánguidos le miraban fríos y asustados, le escudriñaban inquisitivos como si fuese un extraño.

—¡Yasodhara! Esperaba encontrar a cualquiera en esta solitaria partida de caza menos a ti, desde luego que no.

—He huido de Ramagama. La falta de noticias tuyas me estaba volviendo loca. La última vez nos despedimos hablando de amor, ¿qué te ha pasado, Siddharta?

El rostro de la muchacha reflejaba su tristeza, y Siddharta sintió todo su dolor. Se cumplía la profecía de Arada: ahí estaba, delante de la mujer que le amaba, obligada, igual que él, a soportar el tormento del adiós. ¿Cómo podía explicarle que ya no volvería a ser el de antes?

—Esta vez no me resulta fácil hablarte con sinceridad. No es fácil explicar lo que está cambiando en mi interior.

—No sé de qué estás hablando, pero temo que sea algo horrible.

—Si por lo menos pudieras entenderme… Si por lo menos te lo pudiera decir, ¡qué aliviado me sentiría!

—Nosotros nunca nos hemos ocultado nada.

Siddharta se le acercó. Era verdad: quizá Yasodhara fuera la única persona que podía comprenderle, la única que debía conocer el secreto de su fuga.

—Tengo que irme de aquí. Este palacio no es para mí, éste no es mi lugar. El esplendor de este palacio no es lo que yo busco. Aquí la vida es como un jardín perfecto donde no ha entrado ni una mota de polvo. Este palacio es una jaula de cristal. Me oprimen estas murallas que me separan de mi destino, el de un hombre, no el de un rey. Yasodhara, escúchame, sólo tú puedes entenderlo.

La muchacha había enmudecido, estaba dispuesta a todo menos a tratar de entender. ¿Por qué esas palabras de Siddharta no destruían el amor que sentía por él?

—Tienes razón, tus palabras me parten el corazón. Pero me quedo aquí escuchándote. No por qué será, pero lo que me dices no es nuevo para mí. Si sales del recinto del palacio no es para venir conmigo, sino para marcharte para siempre. No volveremos a vernos. ¿No es así, Siddharta?

—Sí. Partiré esta misma noche. Tengo un plan que no puede fallar. No debe fallar. Te amo, Yasodhara, como creo que no te he amado nunca.

—Sin embargo me estás traicionando. Traicionas nuestra promesa. Aunque aún no consigo odiarte, no creo que llegue a perdonarte nunca. Es demasiado duro, Siddharta. No debes partir ahora.

—Por favor, Yasodhara, no hablemos de eso. También es muy duro para mí, estoy destrozado.

Siddharta la besó tiernamente, se abandonó en sus brazos y sintió el calor de sus caricias. Ahora la fuerte era Yasodhara, la mujer de la que Siddharta estaba locamente enamorado.

Yasodhara lo apartó.

—Siddharta, tu voluntad es más fuerte de lo que imaginaba. No necesito más explicaciones. Ahora tengo que irme, no quiero verte partir. No quiero ser un obstáculo en el momento más difícil. Seré yo quien me recluya dentro del recinto de mi ciudad. Vuelvo a Ramagama, no volveré a poner el pie en Kapilavastu. Pero recuerda bien lo que voy a decirte: no vengas a buscarme, porque ya no estaré para ti. Nuestro amor ha terminado, sólo será un recuerdo maravilloso. Adiós.

Yasodhara se dio la vuelta lentamente. Siddharta vio cómo se alejaba y desaparecía sin mirar atrás, como había hecho siempre en las despedidas.

El príncipe sentía una tristeza infinita, pero no podía volverse atrás. Ahora no, después de la profecía de Arada no. En su mente bullía una sola pregunta: ¿puedes abandonar y ser amado al mismo tiempo?

Siddharta recogió el arco, lo colgó de una rama del gran árbol *shala* y se dirigió al palacio. En su habitación ya tenía preparado todo lo necesario para la fuga. Sólo le quedaba esperar a la hora de la cena con su padre Suddhodana. Luego, al caer la noche, cuando todos se retiraran a sus aposentos, pondría en marcha su plan. No podía fallar, ahora no.

La propuesta de la posadera

La posadera quería saber todo lo posible de sus nuevos huéspedes. En los tiempos que corrían, entre los bandoleros, las hambres, las guerras y las pestes, nunca faltaban sorpresas desagradables. Después de bajar la estera que hacía de puerta, decidió quedarse detrás espiando a la joven madre y a su hijo.

Desde que se despertó Narayani apenas había dicho nada, aparte de unas apresuradas frases de cortesía, expresando con tono reservado su agradecimiento por la hospitalidad que le brindaban. A despecho de lo que esperaba la posadera, la mujer, al volver en sí, ni siquiera había parecido desorientada o confusa cuando abrió los ojos y se encontró en un lugar desconocido. Sin mirar siquiera a su alrededor para saber dónde estaba, se había apresurado a tranquilizar y acariciar a su hijo hablándole con dulzura. Este comportamiento, mezcla de valor y delicadeza, tan diferente de las reacciones instintivas de una campesina común, había intrigado a la posadera. Ni siquiera se había enterado bien de su nombre. Sólo recordaba que se había presentado con un nombre bastante largo y difícil de pronunciar. «Naraina, Noreania, Neraiana»: la mujer intentaba recordar el nombre mientras la espiaba.

La madre, arrodillada ante su hijo desnudo, le enjabonaba a conciencia antes de meterlo en el agua, mientras comprobaba la temperatura con la mano.

Pero cuál no sería la sorpresa de la posadera cuando vio que la madre también se desnudaba. Despacio, como si fuera un lujoso vestido, se despojó del sari rasgado y embarrado, que cayó a sus pies. No era frecuente ver por esos parajes un cuerpo tan agraciado, es más, la posadera no recordaba haber visto nunca nada parecido. Estaba asombrada, a pesar de que por la venta pasaban muchas jóvenes, bellezas para todos los gustos, apreciadas por los hombres que acudían a esa modesta casa de placer. Pero unas formas tan delicadas, un vientre tan plano y unas caderas sinuosas que se adelgazaban en unas piernas bien torneadas hasta los finos tobillos, por no hablar de los pechos firmes y redondos, eran una rareza. Esa Narina o como se llamara era un verdadero encanto, una belleza excepcional.

Renunciar a una ocasión como ésa habría sido una insensatez: tenía que hacer lo posible para que la bella forastera permaneciera en la posada junto con las otras muchachas de vida alegre, y así traducir sus encantos en dinero contante y sonante.

—¡Buena mujer! Señora posadera, ¿me oyes? ¿Estás ahí?

La posadera hizo un ruido de pisadas para simular que la llamada la había sorprendido justo en ese momento a la puerta del baño, y se apresuró a contestar.

—Aquí estoy, muchacha. ¿Necesitas algo?

—Mi pequeño Svasti y yo acabamos de bañarnos, pero con las prisas de meternos por fin en una bañera de agua limpia hemos olvidado que no tenemos nada que ponernos, pues los harapos que traíamos están para quemar. Nos hemos quedado desnudos, ¿no tendrás algo de ropa?

—Claro que sí, en mi posada no falta de nada, y menos aún bonitos vestidos para jóvenes como tú.

Pensaba en un vestido de seda transparente que pusiera en evidencia el cuerpo sinuoso de la forastera.

—Voy a ver qué puedo traerte.

Como había imaginado, a la joven le sentaba de maravilla el fino vestido de seda roja, resaltando su preciosa tez de color marfil oscuro.

—Es un vestido muy bonito, pero a esta hora de la mañana me habría conformado con algo más sobrio. De todos modos Svasti está guapísimo, parece un principito —dijo Narayani—. ¿Llevan todos unos vestidos tan vaporosos en tu casa?

Narayani no era ninguna incauta, y se había dado cuenta de que las atenciones y la hospitalidad de la dueña de la posada eran interesadas. Sabía lo que le esperaba, bastaba con echar un vistazo a aquel lugar. Las mesas de madera aún sin recoger, con los restos de la noche anterior, garrafas de vino, vasos sucios entre los dados y las fichas de los juegos de azar, restos de hojas de *betel* masticadas por el suelo, y sobre todo esos aires que se daba la posadera, segura de que con sus zalamerías conseguiría embaucar a la nueva pupila, eran indicios más que suficientes de que sus sospechas estaban fundadas.

—¿Cómo va el negocio? ¿Están satisfechos los clientes de las diversiones que les dispensan tus chicas? —le espetó Narayani.

La agudeza de la recién llegada dejó pasmada a la posadera, que se vio obligada a participar con simulada franqueza en la conversación.

—Se presentan tiempos duros, y con las lluvias, ya se sabe, la gente se apoltrona, son reacios a salir del pueblo. Mi posada está en un lugar de paso, en pleno campo, donde descansan los que se dirigen a los centros habitados para vender lo poco que da la tierra. Si aumentan las lluvias los viajes disminuyen, si los viajes disminuyen aumentan las deudas.

—Esta lluvia detiene a cualquiera —observó Narayani—. Es un verdadero milagro que estemos vivos, mi hijo y yo. Y el aguacero es lo de menos, pero ahora ya ha terminado todo, empezamos de nuevo. ¿Verdad, Svasti? Y tú estarás siempre con mamá.

—Mamá, ha terminado —repitió la vocecita del niño, protegido en brazos de su madre.

—Desgraciadamente mi situación no me permite quedarme mucho tiempo. No tengo nada que ofrecer a cambio de tu hospitalidad, sólo tengo unas pocas monedas que, si no recuerdo mal, guardé en la bolsa antes de partir. Ese dinero apenas es suficiente para pagar la comida caliente y las atenciones que me has dispensado hasta ahora. Hoy mismo nos marcharemos.

—Es imposible, ¿no querrás irte desnuda? ¿Quién va a pagar los vestidos? —intervino bruscamente la posadera, dispuesta a no dejar escapar la oportunidad de tener entre sus pupilas a una mujer tan refinada, que probablemente era una experta amante—. No tienes dinero —añadió, más conciliadora—. ¿Cómo te las arreglarás fuera de aquí? ¿Crees que es fácil encontrar un techo, un sitio caliente y seguro para criar a tu hijo? ¿Es que quieres caer en manos de los bandidos? ¿Qué madre arriesgaría así la vida de su hijo?

La mujer tenía razón. Sin casa, una vez gastados sus escasos ahorros, en la miseria más absoluta, ¿cómo iba a criar al pequeño Svasti? Había jurado que no volvería a ejercer ese oficio humillante, que sería una madre responsable y solícita, que siempre estaría pendiente de Svasti y no lo abandonaría nunca. Pero ahora Narayani se dio cuenta de que no tenía otra salida.

—No soy tonta, sé muy bien por qué te esmeras tanto conmigo. Quieres ofrecerme un puesto de cortesana en tu posada. Bien, acepto. Pero te advierto que no me quedaré mucho tiempo.

—No te arrepentirás, estarás orgullosa de tu decisión. Y ahora vamos a comer. Estaréis hambrientos, y aquí no os faltará la buena comida.

A partir de ese día a Narayani le reservaron un ala entera de la posada. Vivía apartada de las demás mujeres para las que, a pesar de su juventud, se había convertido en una consejera experta y eficaz en caso de necesidad.

—¿Qué hay que hacer cuando el cliente es un docto brahmán?

—¿Por qué los hombres se empeñan en hablar de amor con nosotras y luego, cuando han alcanzado el placer, se van para no volver?

—¿Cómo haces para acostarte con un hombre que no te atrae lo más mínimo?

—¿Qué pasa cuando no tienes ganas? ¿Y cuando el cliente habla de su mujer?

Narayani respondía a todas sus preguntas, y siempre tenía palabras de ánimo para cada una de esas muchachas.

Gracias a los años que había pasado en el palacio de Dronodana, Narayani pudo evitar las intrigas y la envidia de ese grupito de mujeres. Había aprendido en situaciones mucho más difíciles, de modo que las chicas aceptaron su autoridad con naturalidad. Pero el que mejor se lo pasaba era Svasti, el de los ojos negros. Por fin tenía unas hermanas para jugar. ¡Y qué juegos!

—Svasti, ¿dónde estás?

—¿Quién se ha escondido aquí? ¿Un ratoncito?

—¿Adónde ha ido la señora? Vamos, cielo, baja adonde está la posadera y échale una mano, que ya eres mayorcito. Ya sabes lo que hace la señora, sirve el vino y lleva el pan a las mesas.

—El pan a las mesas —repetía Svasti riendo, y se lanzaba escaleras abajo para agarrarse a la falda de la posadera, que refunfuñaba un poco y luego, por temor a Narayani, le acariciaba.

Pero por encima de ese jolgorio estaba la atenta vigilancia de una madre que había sufrido demasiado. Por las noches Narayani cerraba la puerta de su alcoba, miraba a su diablillo con ojos tiernos y le decía:

—Svasti, hoy mamá también ha estado fuera, al otro lado de las cortinas azules, donde tú no debes entrar nunca, cariño. Pero no se ha olvidado de ti ni un momento, ya lo sabes. La señora me ha dicho que te has portado bien, aunque no sé quién habrá espantado a las gallinas esta tarde...

—Yo —contestaba Svasti con orgullo.

—Si las haces correr así, mañana por la mañana te quedarás sin huevo.

—¡Pues entonces me como el tuyo! —chillaba Svasti.

Narayani estaba en la gloria. Su niño, en un solo día, había aprendido el funcionamiento de la posada. Aunque no se podían ver, Svasti le gritaba desde abajo, muy contento, todo lo que ocurría en ese mundo suyo, redondo y perfecto.

Carta al padre

La cena en la mesa del rey Suddhodana transcurría, como siempre, conforme a las usanzas del palacio. Siddharta estaba sentado en el otro extremo de la mesa, frente a su padre, y los dos comían solos. En la sala había un ir y venir de sirvientes con casacas blancas que dejaban en unas mesitas blancas, junto a los comensales, platos con abundante guarnición y bandejas de plata con vasos y copas en los que servían distintas bebidas.

Siddharta trataba de disimular lo mejor posible su falta de apetito. Al fin y al cabo, ¿qué apetito y qué estado de ánimo podía tener si esa noche quería fugarse del palacio? Eran las últimas horas que pasaba con su querida familia, los últimos momentos de vida principesca. Fuera del recinto tendría que arreglárselas por su cuenta: se acabarían los banquetes suculentos amenizados por los músicos, y los catadores inmóviles detrás de él, dispuestos a arriesgar su salud y hasta su vida para que no probara venenos ni comida en mal estado.

Arriba, en su aposento, había dejado preparada una bolsa con todo lo necesario para el viaje, y sobre la mesa una carta con unas palabras de despedida:

«Padre, he emprendido un largo viaje del que no sé si volveré, ni cuándo lo haré. Perdona que no haya tenido el valor de decírtelo, pero voy al enuentro de mi verdadero destino, siempre lo he sabido. Voy en busca del conocimiento. Esta separación es tan dolorosa para ti como para mí. Guardaré siempre en mi corazón el recuerdo de los años felices que he pasado con mi familia. Un abrazo, tu hijo Siddharta».

Suddhodana estaba tranquilo, bebía vino y saboreaba la comida vegetariana, preparada según las reglas dictadas por él, que prohibían matar animales para la mesa real. Siddharta no podía ocultar su tristeza al pensar en el enorme disgusto que se llevaría su padre a la mañana siguiente. A duras penas contuvo las lágrimas.

—Hijo mío, ¿no te gusta la sopa de mijo que ha preparado el jefe de cocina?

—Está todo riquísimo, pero con este calor se me quita el apetito.

Afortunadamente el rey Suddhodana no dijo nada más. Habría bastado un comentario, una insistencia en saber la causa del humor sombrío que Siddharta no podía ocultar, para que el joven príncipe le desvelara el motivo de su tristeza.

La cena terminó con la oración del crepúsculo, pronunciada en la terraza al aparecer las siete primeras estrellas. Después el rey Suddhodana se despidió y fue a reunirse con la reina Pajapati en el salón de baile.

No sospechaba nada. Como estaba previsto, todo transcurría con la normalidad absoluta de un anochecer cualquiera. Pero Siddharta, ya en su habitación, no podía estar quieto. Caminaba nerviosamente de un lado a otro, esperando a que se hiciera el silencio y la oscuridad completa, señal de que nadie estaba levantado. Parecía que ese momento no iba a llegar nunca. Sobre todo no debía perder de vista las antorchas del jardín, las últimas luces que seguían encendidas cuando el rey y la reina ya se habían retirado a sus aposentos. Las llamas de las antorchas seguían ardiendo, el chambelán estaba tranquilo en su garita y no parecía tener ganas de salir, como si precisamente esa noche hubiera decidido no apagarlas. Siddharta decidió arriesgarse y se asomó a la puerta de su habitación. En el largo pasillo no se oía un alma, el camino estaba despejado. ¡Lo conseguiría! Volvió atrás, recogió la bolsa, comprobó que no faltaba nada: cuerdas resistentes, un paño de lana, herramientas por si tenía que forzar las cerraduras y abrirse paso, la colección de los Veda que le había dado el brahmán el día de su iniciación, y varias bolas de arroz envueltas en hojas de plátano. Se echó todo a la espalda y salió.

Llegó a la trampilla que llevaba al pasadizo, la galería angosta e interminable que atravesaba gran parte del laberinto subterráneo del palacio. La levantó con sigilo, bajó primero la bolsa y luego se deslizó por la abertura.

Ante él apareció una red de subterráneos y criptas entrecruzados, excavados en la dura piedra. Era la ciudad subterránea que existía desde la antigüedad y debía servir de refugio a todos los habitantes del palacio en caso de evacuación y peligro. Sus límites coincidían con el recinto de la ciudad. Desde allí se extendían los cultivos hasta el lindero de los bosques, apenas surcados por los caminos de las caravanas de mercaderes. Siddharta había oído muchas historias de ascetas que hallaron refugio y sosiego al amparo de esos árboles. Era la primera vez que Siddharta se adentraba en las profundidades de ese mundo subterráneo, para él desconocido. Bruscamente perdió la seguridad que le daba el conocer todos los rincones del palacio. Allí abajo no se podía filtrar ni un triste rayo de la luz dorada tan característica de Kapilavastu, la Ciudad del Sol. Todo lo que era claro en el exterior allí era oscuro, lo que arriba era espacioso allí era angosto. Era como la sombra oculta del palacio, su contrario.

¿Qué dirección debía tomar entre las galerías que trazaban círculos a su alrededor? Se decidió por la séptima. El pasadizo, más estrecho y de aspecto más irregular, parecía más antiguo que los demás y debía de ser el que llevaba directamente al foso exterior.

Siddharta llevaba un rato agarrándose a los ásperos salientes de la roca, a veces pulida por el agua que chorreaba de unos orificios que se abrían aquí y allá, cuando vio un carro, solo y en mal estado. Llevaba un emblema de una cabeza de dragón con serpientes enroscadas: no pertenecía a Sakya, sino a otro reino. Seguramente lo habían metido en la galería y luego, al ver que era imposible arrastrarlo hasta la superficie, lo habían descargado, dejándolo allí mismo. Pero ¿qué hacía allí el armazón de un carro, por qué lo habían sepultado? Resultaba chocante que alguien se hubiera tomado la molestia de llevarlo a los subterráneos. De todos modos indicaba que estaba en el buen camino: el pasadizo daba al exterior. La salida no podía andar muy lejos, quizá la trampa que estaba buscando Siddharta se encontraba más cerca de lo que se imaginaba.

Los subterráneos daban miedo. La luz de la linterna era insuficiente para distinguir una silueta a poca distancia. Pero ¿quién iba a aventurarse a esas horas por un lugar tan tenebroso? Siddharta avanzó a buen paso, aunque la bolsa que llevaba a la espalda le pesaba bastante. Decidió aligerarla. Se detuvo, sacó el paño de lana y algo de ropa. Los vestidos lujosos eran muy pesados, prescindiría de ellos. Los dejó en un montón, detrás de una piedra.

Más adelante vislumbró por fin la salida que estaba buscando. Esas estacas debían de ser de las empalizadas que cercaban el foso. El príncipe empuñó el pico y empezó a cavar. Aunque estaba agotado por el cansancio, la falta de sueño y la emoción, los golpes se hundían cada vez más y con más ímpetu en la roca. Se estaba abriendo un nuevo paso subterráneo hacia el mundo exterior.

El momento se acercaba. Siddharta picaba la roca con furia. La pared cedió de pronto. El príncipe vio ante sí un cielo inmenso, estrellado. La naturaleza ya no era amiga. Ese cielo le pareció extraño, vacío. Ése era el umbral que debía atravesar.

Siddharta se detuvo, inmóvil. ¿Quería hacerlo? La mirada triste de Yasodhara, la sonrisa de su padre, sus juegos juveniles se tornaron agujas que se le clavaron en el corazón. Soltó el pico. «¿Debo salir a este mundo extraño, o volver atrás?», se preguntó.

Tenía la mente en blanco y un nudo en la boca del estómago. Luego oyó una música tras de sí. Era imperceptible, pero Siddharta la oía con claridad. En el palacio empezaba el baile. Se dio la vuelta. El pasadizo, antes tan oscuro, parecía ahora casi iluminado. El príncipe se movió lentamente. Desanduvo todo el camino. Subió por la trampa, entró en el palacio y se dirigió a los aposentos de su padre. Lo encontró dormido. La carta que le había dejado estaba sin abrir. La cogió y la arrugó en el puño.

—¿Eres tú, Siddharta? —preguntó su padre, medio dormido—. ¿Adónde has ido?

—A ninguna parte, padre.

—¿Te quedas aquí? —preguntó el rey, refiriéndose a su dormitorio.

—Sí —contestó Siddharta—. Aquí se está bien. Me quedo.

El hombre sin rostro

Pasaron meses. A la posada acudían forasteros de infinidad de pueblos, algunos muy alejados. Habían oído hablar de Narayani, la mujer misteriosa y tan fascinante como una joya rara. A veces personajes ilustres y acaudalados terratenientes recorrían millas y millas sólo para verla, para gozar de su belleza.

Esa mañana la posadera subió apresuradamente la escalera. Se detuvo. Subió dos peldaños y bajó uno. Narayani había sido tajante. A esas horas no debían molestarla. Nadie tenía derecho a deshacer el abrazo de madre e hijo que convertía su pobre alcoba en un lugar dichoso.

Aún no había amanecido, y al entrar el forastero la vieja señora no había podido verle la cara.

—¡Llévame enseguida con la puta! —habían sido sus palabras.

Una sola frase, heladora como la muerte, un tono de voz tan bajo y susurrado con tal violencia que no admitía réplica. Ni siquiera el joven Thati, el más pendenciero de los contornos, había osado levantar la vista, y se había quedado alelado, haciendo como que limpiaba el mostrador.

La pobre mujer se armó de valor. Subió los peldaños restantes, separó las cortinas azules y tocó a Narayani en el hombro derecho con la mayor delicadeza posible.

—Te he oído llegar, señora. He oído tus pasos en la escalera. ¿No te basta con el dinero que has ganado esta noche gracias a mí? ¿Cómo te atreves a despertarnos, al niño y a mí? ¿No ves que está dormido?

—Pero es que… verás, Narayani, no es cuestión de dinero. Es que tengo miedo del tipo que está ahí abajo.

—Señora, hicimos un trato, de modo que respétalo. Dile a Thati que le eche. Sírvele un trago, haz lo que quieras, pero déjame dormir.

La posadera, pálida y muy confusa, volvió a bajar.

—Verá, señor forastero, la dulce Narayani está indispuesta. No puede…

En el silencio total se oyó la respuesta sibilante:

—Quiero a la puta, aquí y ahora.

La mujer, histérica, con una angustia que no había sentido nunca, perdió los estribos y se puso a gritar:

—¡Échalo de aquí, Thati! ¡Fuera de mi posada!

El jovenzuelo, vacilante, se acercó al forastero.

—¡Eh, tú! ¡Largo de aquí! ¿No has oído a la señora?

El forastero se plantó delante del muchacho sin dar un solo paso. Era como si por algún maleficio se hubiera deslizado rápidamente sobre una placa de hielo. Luego, con un movimiento repentino, sacó un puñal del cinto y clavó la mano de Thati en la mesa de madera donde la había apoyado. El joven, aterrorizado, abrió la boca de par en par, pero de ella no salió ningún sonido. El extranjero desclavó el puñal de la mesa y, con una agilidad inverosímil y sobrehumana, describió un movimiento circular: la hoja del puñal rompió uno a uno los dientes del mozo como si fueran frágiles avellanas de vidrio.

La mujer no había tenido tiempo de decir nada cuando el extranjero, sin mover el cuerpo, ya estaba frente a ella.

—Un mago —dijo la vieja tragando saliva—. Un mago del mal. Y se desmayó.

Narayani, en su alcoba, respondió a las llamadas.

—¿Qué quieres, señora? ¿No te había dicho que no me molestaras y echaras a ese hombre, quienquiera que fuese? —gritó, irritada.

—No se le da un portazo en la cara al que viene de tan lejos, puta. Haz el menor movimiento, levanta la mejilla de la almohada, y atravesaré al crío que tienes al lado con mi puñal —susurró en las tinieblas el extranjero, separando con el puñal las cortinas azules de la entrada.

Un estremecimiento crispó el cuerpo de Narayani. Su cerebro, frenéticamente, buscó una solución imposible de encontrar. Sintió una arcada en la boca del estómago, y sin mover la cara fijó la mirada atónita en el borde de la vieja manta.

—¿Quién eres, hombre?

Narayani pronunció estas palabras, o sólo creyó haberlo hecho. Las tablas del suelo crujieron cuatro veces. Cuatro pasos. Luego Narayani sintió que un líquido gelatinoso y caliente le entraba por la nariz, mientras una mano de acero le apretaba la cabeza contra la esquina de la pared.

Luego no sintió nada.

El sueño de Narayani

Esa noche Narayani tuvo un sueño.

Soñó con un jardín con tapias de cristal. Tropezaba continuamente, no podía parar. El fuego le daba miedo. Primero lejano, luego se iba acercando. «Maldito viento —pensó—. Deja de traerme el fuego.»

Ahora el frente del incendio era todo el horizonte. No se le resistía nada, ardían las plantas y los árboles, la tierra se volvía roja y los insectos iban cayendo uno tras otro. Narayani temía por sus pies descalzos. Miró al jardín, al otro lado del cristal. Allí había hierba fresca, el fuego no entraría. Caminó rodeando la tapia. Con el índice y el anular rozaba el cristal. La lámina transparente se elevaba hasta el cielo y no le dejaba entrar. Narayani oía el silencio de ese jardín. Era un prado inmóvil, sin rocío y sin una mota de polvo. Las alas de las mariposas permanecían quietas y suspendidas en el aire como espléndidas pinturas. Narayani anhelaba la calma de esas coronas de setos esculpidos. Hasta donde alcanzaba la vista, la tapia de cristal no tenía puertas. Era uniforme, lisa y fría.

Llegó a una esquina y empezó a recorrer la segunda pared. A lo lejos, cerca del borde, había un hombre sentado. Le vio al otro lado del cristal. Era muy hermoso, con el torso desnudo y la cabellera adornada con joyas.

—Sé por qué lloras, niña.

—He perdido mi collar, el que me regaló mamá. Era el único que tenía —contestó la voz de niña mientras la mano de mujer presionaba el cristal.

«A lo mejor está en este jardín. Pero yo estoy fuera y no puedo entrar, príncipe. Déjame entrar.»

—Niña, no creas en la paz que ves a través del cristal. En este jardín no se puede atravesar nada, ni siquiera el aire. La mosca no bate las alas. Desde donde estás puedes verlo todo. Trata de ver si encuentras el collar desde allí. Pero quédate fuera. A diferencia de mí, puedes correr libremente por el campo y sentir el viento en el pelo.

—Pero no veo mi collar, príncipe.

—Sabes que no puede estar aquí.

—¿No lo habré perdido entre los setos del jardín?

—Ese collar no ha existido nunca.

—Entonces te he dicho una mentira.

—Sí. Eres huérfana, niña Narayani —dijo dulcemente el príncipe.

—Ahora sé por qué estoy triste. A la madre que no conocí nunca pude pedirle que me regalara un collar. Entonces no soy nada, No tengo nada.

—Tienes algo mucho más importante que un collar.

Narayani se echó a llorar en silencio.

—Mi hijo… ¿Dónde está mi hijo, príncipe?

—Tu hijo también está en una cárcel de cristal. Lo mismo que no puedes tocarme a mí, tampoco puedes reunirte con él. Cuando yo atraviese el cristal podré ayudarte a buscarle.

Narayani abrió los ojos de par en par, mirando a su alrededor. No estaba acostada en su cama. Y ésa no era la posada.

El despertar

—Svasti. ¿Dónde está Svasti? —susurró Narayani, mirando a su alrededor, desorientada.

—¿Qué os había dicho? Esta mujer es fuerte como la diosa Kama.

La hechicera, una vieja menuda de manos afiladas cuya piel olía a orina de vaca, no se había apartado un momento del lecho de la joven. Junto a ella vigilaba la posadera.

—Hermosa Narayani, con el veneno que te dio ese maldito creía que no ibas a sobrevivir —añadió la posadera—. Te encontramos como muerta en tu alcoba, qué horror.

—¿Dónde está Svasti? —insistió Narayani.

—Pues… no sé… no me acuerdo. Te he traído a toda prisa a casa de la hechicera. Estará en casa.

Narayani estaba terriblemente angustiada. El rostro arrugado de la hechicera le desagradaba.

No había tiempo que perder, debía regresar inmediatamente a la posada y hacer el equipaje; ahora sí que había llegado el momento de partir. Los ahorros que había reunido en los últimos meses le alcanzarían para conseguir una casa donde vivir sola con su hijo y verlo crecer sano y feliz.

—Estoy deseando abrazar de nuevo a Svasti. El pobrecillo se

habrá asustado mucho al no verme, es la primera vez que me separo de él desde que nació. Pero no volverá a ocurrir, he acabado para siempre con esta vida. Buscaré hasta el fin del mundo un lugar apacible y protegido por los dioses para llevar una vida digna. ¡Rompo nuestro trato, posadera!

—Yo en tu lugar no iría muy lejos a buscar, querida niña —dijo con tono enigmático y misterioso la vieja hechicera.

—¿Qué quieres decir? ¿Acaso conoces por aquí cerca un país donde una madre sola y su hijo pequeño puedan vivir tranquilos, lejos de los peligros del mundo?

—Sólo un reino posee la cualidad que estás buscando. Su capital es Kapilavastu, su rey se llama Suddhodana y tiene un hijo muy hermoso llamado Siddharta. Sus súbditos los adoran.

De pronto Narayani cayó en la cuenta. ¿Cómo había podido olvidar los gritos de los fugitivos que, en el colmo de la desesperación, habían seguido una sola dirección, un solo camino por el que se arrastraban, cansados y macilentos? Invocaban el nombre de la ciudad de Kapilavastu como única meta, y en sus ojos brillaba una promesa de salvación.

—Te estaré eternamente agradecida. Ahora sé lo que tengo que hacer.

La hechicera apretó las monedas que Narayani le había puesto en la palma de la mano, y la siguió con la mirada.

En el camino de vuelta a la posada Narayani sólo pensaba en Svasti y abrumaba a la posadera con preguntas, pero ella se había encerrado en un silencio tenaz. Era demasiado difícil contarle a esa madre la verdad acerca de Svasti.

—Además, ¿cómo explicar la desaparición del niño? Tal vez, mientras tanto, lo hayan encontrado—, decía para sus adentros.

Cuando ya estaba cerca de la posada, Narayani llamó a Svasti a grandes voces.

—¡Svasti! ¡Svasti! Mamá ha vuelto, y te ha traído un regalito.

El niño no corrió a su encuentro, no la había oído. Probablemente estaría jugando en la habitación del primer piso, obedeciendo a las mujeres que no habrían querido dejarlo en el patio, pues el cielo, lleno de nubarrones, parecía a punto de descargar otro chaparrón.

Al entrar por la cancela la joven madre notó algo raro: nadie acudía a recibirlas. Luego vio algo que la hizo enmudecer. Por la puerta de la posada salieron las cortesanas en fila india, y cada una llevaba una tea en la mano derecha. Como en un cortejo fúnebre, formaron un corro alrededor de Narayani, dejando una salida para el ama. Tras un momento de silencio absoluto e inmovilidad, una de las muchachas habló:

—Narayani, tu Svasti ha desaparecido. No lo vemos por ninguna parte. Ha desaparecido, siendo tan pequeño es imposible que se haya marchado solo, alguien tiene que habérselo llevado.

No podía haber nada más cruel que esas palabras y ese lúgubre recibimiento. A Narayani se le heló la sangre y se le cortó el aliento. Se arrodilló, se soltó el pelo y lo embarró, sacudiendo la cabeza como una viuda cuando unta su cabello con la sangre del marido muerto. Ningún grito de dolor podía ser más desgarrador que sus balbuceos, sus frases entrecortadas, su imposibilidad de hablar. Luego un destello de esperanza, el prodigio imposible de haber entendido mal, de que aquello era una pesadilla, le hizo suplicar que le repitieran una vez más lo que no podía ser.

—Ha desaparecido. Ya te lo he dicho, no lo encontramos.

La posadera se inclinó sobre la bella Narayani, que no paraba de llamar, trastornada por el dolor, con voz sofocada por el llanto:

—¡Svasti! ¡Svasti!

Las otras muchachas permanecían inmóviles, con el rostro lloroso iluminado por las antorchas. El círculo que habían formado alrededor de la joven madre recordaba el rito sagrado de las exequias celebrado para los dolientes. Pero el dolor de Narayani era demasiado intenso para contenerlo y expiarlo con oraciones. El círculo de mujeres se deshizo, dejaron a la joven madre, y la dueña de la posada se quedó a su lado.

—Narayani, querida, no te pongas así. Ven, entremos en casa, va a llover.

La corpulenta mujer se levantó y la sostuvo, llevándola con paso lento hasta el refugio de la taberna.

—No puedo quedarme aquí ni un minuto más —dijo Narayani—. Voy a buscar a mi hijo. ¡Mara, maldito dios! ¿Has sido tú el que ha venido esta noche a llevarse a mi hijo? ¿Por qué? ¿Por qué? —gritaba Narayani.

—La llanura es inmensa, ¿adónde vas a ir? Es un empeño imposible.

—¡No, no puede haber ocurrido esto! Seguramente Svasti se ha levantado para ir en mi busca y, al no encontrarme, ha empezado a dar vueltas por las habitaciones. Luego ha salido de la posada y se ha perdido por el campo. A lo mejor lo ha encontrado alguien, a lo mejor sigue dando vueltas por ahí. ¿Estás ahí, Svasti? ¡Contesta, hijo!

Narayani había subido al primer piso. Parecía que la desesperación le había hecho perder la razón. Tan pronto registraba todos los rincones de la alcoba, corría las cortinas y levantaba los cojines, como hablaba con su hijo, pronunciando frases insensatas y rogándole que volviera.

Svasti no contestaba, ya no estaba allí con su madre. ¿Dónde, entonces? ¿Dónde se había metido?

Narayani estaba completamente trastornada. La posadera se dio cuenta de que ese sería su último día en la posada; nadie podría retener a esa madre desesperada.

De pronto, como sucede en la estación de los monzones, la lluvia empezó a caer con violencia. Narayani caminaba bajo el aguacero, dejando atrás la posada, ese lugar donde no podía quedarse ahora que Svasti estaba lejos de allí, quién sabe dónde. Sin una meta, sin detenerse, Narayani prosiguió su búsqueda alocada que la llevaba de camino en camino, de pueblo en pueblo, llamando a las puertas de las cabañas humildes y las casas ricas, preguntándoles a todos los que se cruzaban en su camino si habían visto a un niño de tres años, moreno, de pelo rizado, llamado Svasti. Ese niño era su hijo.

—¡Detenéos! —le gritó a una mujer que llevaba al pequeño Svasti de la mano. Por fin, era él, le había reconocido. Narayani corrió mientras el corazón le latía alocadamente, abrazó con fuerza al niño que caminaba dándole la espalda junto a una mujer que le llevaba de la mano, pero en cuanto el niño volvió la cabeza se dio cuenta de que no era él, ¡no era su Svasti! Su delirio le hizo equivocarse varias veces; con cada niño que encontraba sentía la misma desgarradora esperanza de que fuera su hijo perdido.

Pasaron muchos días y Narayani no encontró el menor rastro del pequeño Svasti. Había recorrido varias veces los mismos caminos, había registrado la comarca de cabo a rabo, a su paso los aldeanos la señalaban con el dedo, reconociéndola y diciendo, llenos de lástima:

—Ésa es la mujer que busca a su hijo.

Nadie podía ayudarla a encontrarlo. La joven madre estuvo cuatro días retirada en un bosque. Cansada y abatida, con la ropa suelta y sin abrochar en señal de luto, permaneció inmóvil bajo un yambo cuyas hojas se doblaban con el peso de la lluvia. Durante ese tiempo Narayani se apartó del mundo y sólo deseó que la muerte le llegara lo antes posible, ya que su vida sin el pequeño Svasti no tenía sentido. Se odiaba y despreciaba a sí misma; quizá fuera justo que hasta la muerte la desdeñara. Sus pensamientos vagaban entre la vergüenza y los remordimientos, lamentaba sus culpas y la herida mortal de su alma que ni la más oscura de las noches podría cerrar. Bajo la lluvia incesante transcurrían las horas de su tormento, el dolor que nadie consolaba. Bajo aquel yambo Narayani guardaba un luto silencioso por la pérdida de su hijo, al que no volvería a ver.

Al final del cuarto día de penitencia y ayuno Narayani, sin lágrimas ya, se levantó y salió del bosque. Caminó día y noche sin descanso, comiendo lo poco que la gente le daba por compasión y siguiendo sus indicaciones.

Pensaba que sólo tenía una razón para luchar con las escasas fuerzas que le quedaban: llegar al final del viaje, arribar al último puerto, al único lugar que quizá la acogería en esas condiciones, con una mente tan frágil y el cuerpo consumido. A un paso del abismo en el que se precipitaba su vida, Narayani pensaba en Kapilavastu, la ciudad del rey Suddhodana y su hijo Siddharta, como única salvación. Delante de sus murallas rezaría a los dioses, le pediría al Cielo que le mostrara el camino que debía seguir.

La última partida

Los escalones que llevaban a la Casa del Mono-que-ríe, tallados en la piedra, eran empinados, estaban torcidos y ligeramente hundidos en el centro como viejas tablas de madera. Mientras bajaba por ellos, Siddharta vio que la piedra tenía brillos cobrizos. Al otro lado de esa puerta el dinero corría a raudales, y sólo las generosas libaciones de vino de palma, que se subía enseguida a la cabeza y daba terribles jaquecas, podía hacer olvidar las grandes fortunas que allí se esfumaban.

A la entrada del garito había un corrillo de borrachos. Los hombres, excitados, pasaron de las palabras a los empellones y los manotazos enérgicos. El príncipe pensó que iba a estallar una pelea, por lo que retrocedió y permaneció un momento en guardia, tal como le habían enseñado los maestros de lucha del palacio. Luego avanzó sin prestarles atención. En sus gestos no había nada amenazador ni ofensivo, sólo estaban intercambiando unas bofetadas amistosas, igual que los centinelas cuando descansan después del turno de guardia en las garitas.

—¡Eh, señorito! ¿Qué te trae por aquí, vestido con esa elegancia?

Un hombre de cara hinchada y amoratada se había separado del corrillo y se dirigía al joven, que caminaba con aplomo tratando de abrirse paso.

—He venido a jugar a los dados. Dajadme pasar, quiero entrar.

Siddharta caminó derecho hacia la entrada del garito. La puerta, en cuyo dintel colgaba a modo de enseña la cabeza embalsamada y burlona de un gran mono de pelo blanco, estaba abierta. Las jambas negras le daban un aspecto de boca de horno, en cuya cavidad se apreciaba un temblor de resplandores rojizos. Siddharta tuvo la sensación de que esa boca le tragaba. Las luces y sombras le hechizaban y no podía apartar la mirada del interior, era como si un remolino le arrastrara y le obligara a entrar en el edificio.

Se respiraba un aire denso y cálido. Todo estaba envuelto en un velo de humo rosado que nublaba la vista y desdibujaba los perfiles de las figuras. En las paredes, pintadas de rojo oscuro, había pesados cortinajes en los que una mano experta y vulgar había pintado parejas de monos imitando apareamientos humanos. La parodia de la pasión amorosa resultaba más excitante en la tela que la propia realidad. Esas obscenas paredes no dejaban pasar ni un triste rayo de luz exterior, contribuyendo a aislar el ambiente del resto del mundo. Un mundo cuya existencia había olvidado Siddharta, tan fuerte era su emoción al mezclarse sin ser reconocido con los jugadores, hombres cuyo vicio, que los brahmanes consideraban impío, excitaba febrilmente su curiosidad.

—En el dado está tu fortuna, tiene varias caras y cada una corresponde a una de las tuyas. Si la vida te trata mal y un velo de tristeza empaña tus ojos, si lo que deseas es que la sangre vuelva a correr por tus venas, la única forma de conseguir lo que quieres es dejarte embriagar por el rodar libre y desenfrenado de los dados. Si aprendes a conocer los dados aprenderás a conocerte a ti mismo. —Las palabras del viejo barquero con el que se había encontrado un día a la orilla del río aún resonaban en la mente de Siddharta. El hombre le había hablado como amigo. Sus palabras, llenas de cordura pero también de un gusto ingenioso y popular por las cosas de la vida, le habían dado ánimos en un momento de profundo desaliento. Ese hombre, con su sencillez, le había revelado que no sabía nada de la vida. Ni siquiera conocía las costumbres más corrientes, las alegrías y vicios de la ciudad de la que era príncipe.

Tras el fracaso de su fuga del palacio, Siddharta se había encerrado en sí mismo para meditar sobre los errores cometidos: había perdido la confianza en su capacidad para decidirse por uno de los dos grandes destinos que le habían profetizado. Había pasado días enteros de soledad a la orilla del río Rohini. Su inteligencia, que se le antojara infalible, superior a la de sus contemporáneos, había revelado su debilidad. ¿Cómo había sido tan estúpido al querer marcharse de ese modo, cómo pretendía andar por el mundo si ni siquiera sabía orientarse por su propia ciudad? ¿Qué ingenuidad le había llevado a compararse con un dios, a soñar con que estaba destinado a una misión solemne e importante para la humanidad, si aún no sabía reconocer en su interior los impulsos que mueven a los hombres?

El aire viciado por el olor del vino y la cerveza, mezclado con el olor punzante de las hojas de *betel* que se masticaban entre trago y trago, la promiscuidad del lugar, tan distinto de los espaciosos patios del palacio, tentaban al joven príncipe atrapándolo en un torbellino de sensaciones nuevas. Le subían vaharadas de calor a las sienes, y el corazón le palpitaba con impaciencia por la excitación y el deseo de perderse entre esa gente, de conocer a todas esas personas.

Observando a los jugadores, Siddharta buscaba al barquero que se había citado con él ese día.

Atraído por el *pasaka*, un bullicioso juego de tres dados, el joven soñador tomó asiento un poco apartado y se puso a observar a un jugador barrigudo que tenía un buen montón de monedas en la mesa.

—Tres, tres, uno. Perdida la dieciocho.

—Cuatro, seis, cuatro. Perdido, vuelvo a tirar para la veinte.

—¡Cuatro! ¡He ganado, la suerte empieza a cambiar! —dijo el contrincante del barrigudo llevándose el montón de monedas—. ¿Me habrá dado suerte ese tipo de la cara limpia que está sentado a tu lado?

El hombre se había percatado de su presencia sin levantar siquiera la mirada. Siddharta sintió que se ruborizaba y se consoló pensando que los dos hombres no se darían cuenta, ya que la luz de las antorchas enrojecía todos los rostros. Quiso excusarse y quitarse de enmedio, pero el jugador volvió a hablar, y esta vez se dirigió a él:

—No tienes aspecto de jugador, pero pareces afortunado. ¿Por qué no pruebas con una tirada?

—¡Para eso he venido! —mintió Siddharta.

—Las que están marcadas en la tablilla son las veinticuatro combinaciones que hemos convenido al principio, se trata de acertar una. Si lo consigues a la primera tirada puedes volver a tirar una sola vez uno de los dados o los tres. Naturalmente, cada vez que vuelves a tirar se añade una apuesta a la banca.

Siddharta miró a los tres dados de marfil que estaban en el suelo dentro del perímetro, un surco redondo excavado en el suelo que servía para recoger las tiradas nulas, lanzadas con demasiado ímpetu: las tres caras superiores indicaban la combinación ganadora de la última jugada.

Trató de moverse con naturalidad y alargó la mano para recoger los dados. Estaban fríos, eran agradables al tacto, su tamaño se adaptaba perfectamente a la palma, parecían hechos a la medida de su puño. Los apretó un poco, como había visto hacer, y tiró.

—Cinco, cinco, cinco: ¡no es posible, has hecho *pasaka*! Eh, muchacho, la combinación de cincos es casi imposible de sacar, es la que gana toda la apuesta, te llevas todo lo que ha juntado hasta ahora mi compañero. ¡Madre mía, esto sí que es tener suerte, hacía años que no veía una tirada como ésta!

El entusiasmo del jugador contagió a Siddharta. Con una sola tirada había hecho saltar la banca, ¿cómo era posible? ¿Qué prodigio se ocultaba detrás de esa suerte? Por un momento se sintió fuerte y seguro de sí mismo. Nunca antes se había sentido así, el juego le había infundido un valor desconocido.

—Ahora tienes derecho a redoble. Tira los dados de los lados y deja el del centro en el suelo. Si vuelves a sacar cinco doblas la ganancia. ¡Pero tienes que seguir jugando otras cinco tiradas, sea cual sea tu suerte! —añadió el desconocido con una mirada extraña.

Otras cinco tiradas significaba que podía perder, pero en realidad, con una ganancia como ésa bastaba con mantener baja la apuesta para reducir el riesgo al mínimo. Siddharta decidió volver a tentar la suerte.

—Estupendo, veo que tienes madera de jugador, te empieza a gustar el riesgo.

La tirada le proporcionó al príncipe el milagroso redoble.

—¡Increíble!

—Es asombroso, ¿no tendrás las manos embrujadas? ¡Chicas, traedle algo de beber a este joven!

Ahora también el barrigudo expresaba su estupor. Le sudaba la cara y sus labios se contraían en una extraña mueca que enseñaba una hilera de dientes blanquísimos.

—¿Quién eres, apuesto joven? ¿De dónde has salido? —repitió varias veces, mientras su compañero hacía señales de asentimiento.

—El joven se llama Atha y es amigo mío —dijo una voz detrás de Siddharta—. Esta vez no os saldréis con la vuestra —continuó el recién llegado—. No permitiré que engañéis al muchacho como soléis hacer con los principiantes. Dadme los dados falsos, sacad los buenos y juguemos una partida de verdad. —Luego, dirigiéndose a Siddharta—: Has tenido suerte. Pero ahora nuestros amigos no nos dejarán marcharnos con las manos vacías. Después de pasarse de listos, se sentirán obligados a concedernos una revancha leal.

Uno de los jugadores dijo a regañadientes:

—Siéntate, barquero, empezaremos con la apuesta mínima.

—¿Seguro que quieres jugar, barquero? ¿No has quedado escarmentado por hoy? —le preguntó el otro, haciéndole una seña a Siddharta para que le hiciera sitio en el cojín al nuevo jugador.

El barquero examinó uno a uno los dados que le entregaron y se dispuso a tirar el primero. Tres muchachas se acercaron a los jugadores y sirvieron grandes garrafas de licor de coco, cuyo aroma se mezclaba con sus perfumes de sándalo y almizcle. Luego se alejaron haciendo tintinear las conchas que adornaban sus faldas.

El barquero tiró tres veces seguidas y ganó las tres manos. Nadie miraba las combinaciones marcadas en la tablilla, se las sabían de memoria. El paso de los dados de unas manos a otras, las tiradas, la declaración de los puntos, las apuestas: todo se sucedía con tal rapidez que se diría que los jugadores adivinaban los números antes de que los dados dejaran de rodar. El barquero seguía ganando, pero las manos empezaron a temblarle, se puso pálido y el sudor le perlaba la frente. ¿Por qué no lo dejaba? ¿Por qué no recogía el dinero que había ganado y dejaba de agobiarse de ese modo?

Ahora le tocaba al barrigudo. Con el borde del taparrabos secó los dados mojados del sudor de su mano. Luego, con puño firme, los lanzó.

—¡Lo sabía! —dijo el barquero—. Esperaba este momento: se han vuelto las tornas, estoy listo para el sacrificio.

«¿De qué sacrificio está hablando?», se preguntó Siddharta. «¿Por qué habla así?»

—Eres un jugador auténtico, nadie lo duda —dijo el compañero del contrincante—. Te enfrentas impávido a la suerte cuando es adversa, y hoy no es tu día de suerte, lo sabías desde la primera jugada en la sala. Pero ¿cómo estás tan seguro de que vas a perder?

—Tres, tres, tres: tu amigo me gana con la combinación de la «víctima», los números que hoy debo temer, pues suponen un peligro contra el que no he sabido reaccionar. A partir de ahora lo perderé todo.

Las previsiones del barquero eran acertadas, las cosas le fueron de mal en peor. Acabó apostando su barca, que era su bien más preciado. Y la perdió.

El viejo jugador recogió una vez más los dados y los apretó con las dos manos, los dejó sobre la mesa, tomó el último trago enseñando sus dientes negros, se levantó y antes de alejarse le hizo una seña a Siddharta.

—Amigo, ¿cuál es tu verdadero nombre? —le preguntó al joven príncipe mientras se dirigía a la salida.

—Siddharta, soy el príncipe Siddharta —contestó con un hilo de voz.

El hombre soltó una carcajada.

—Has bebido demasiado, amigo, o te encuentras mal, mira lo pálido que estás.

—¿Por qué te has jugado la barca? ¿Qué vas a hacer ahora? —le preguntó Siddharta, sin poder contenerse. El barquero le tenía muy intrigado.

—Eres joven, te preocupas por mí y eso te honra. Pero hay cosas en la vida que aún no conoces. Yo sólo he comprendido su significado al llegar a viejo. Me he quedado solo en el mundo porque he vivido para el juego, pero no podía hacer otra cosa. En el juego he buscado una verdad que la vida siempre me ha ocultado.

—¿Qué verdad es ésa?

—No sabría explicártelo, no me entenderías. Pero mira, Siddharta, o quienquiera que seas o comoquiera que te llames, hoy ha sido el día de rendir cuentas, la solución de toda una vida. El sitio en el que te has sentado y que luego me has cedido estaba destinado a la víctima, y así ha sido, el condenado no eras tú sino yo, hemos cumplido las reglas.

Siddharta no entendía nada. ¿Qué reglas gobernaban la vida de ese barquero?

—Mi desgracia es parte de una promesa que hice cuando empecé a jugar por primera vez, cuando me dije a mí mismo que siempre escucharía la voz de los dados y seguiría sus designios. Me han acompañado en lo bueno y en lo malo, y me he dejado llevar por su fuerza, como mi barca, que sólo sin oponer resistencia ha podido deslizarse con facilidad por las aguas más encrespadas. Hoy, que todo ha terminado para mí, he acabado de entender el significado de mi pasión, el afán de dejarme arruinar y de entregarme a los dados como una víctima.

El viejo barquero rebuscó en los bolsillos de sus calzones desteñidos y remendados, sacó tres prismas de marfil y se los ofreció a Siddharta.

—Son para ti, yo ya he acabado con ellos. Que tengas suerte.

Luego se marchó. Su espalda se encorvaba a cada paso, arrastrada por las piernas cansadas, y se tambaleaba ligeramente.

«He aquí un hombre al que le ha llegado su condena», pensó Siddharta. «¿Cuál será la mía?»

Los sonidos del mundo

La noche más larga de la vida de Siddharta había pasado en un abrir y cerrar de ojos. Ahora, con los primeros albores del día, sin haber dormido, las emociones de la noche le pesaban como fardos, y arrastraba las piernas con dificultad por una callejuela de su ciudad, Kapilavastu.

«He querido oír la voz de los dados. Me he dejado llevar por su fuerza sin oponer resistencia, entregándome como víctima», le había dicho el barquero. Siddharta no paraba de repetirse esas palabras, tan sinceras y severas que daban vértigo.

Ningún maestro, ninguna doctrina habían sido tan claros ni tenían una presencia tan vívida en su mente como lo que había experimentado personalmente y visto con sus propios ojos esa noche en ese garito. Su visión de las cosas, demasiado transparente y nítida, aún estaba tamizada por los colores suaves y reconfortantes de un palacio maravilloso en el que gozaba del privilegio de la riqueza y la casta, y donde no le negaban nada. Tras esa noche, el palacio de Kapilavastu le parecía un lugar fuera del mundo; sentía que ya no podría amarlo como antes.

Quería vivir esa vida, la de los hombres a quienes deseaba conocer, un mundo en el que sólo sería un simple desconoci-

136

do, uno más entre miles de hombres, con las virtudes y los defectos que les caracterizan, y no el príncipe Siddharta, reverenciado y protegido noche y día.

La calle por la que caminaba tenía dos hileras de casitas bajas a los lados. Era un barrio de humildes tenderos. La ropa tendida en los patinillos alegraba con sus vivos colores las vallas de bambú. El callejón estaba silencioso y completamente desierto. Sólo los perros callejeros, cojos y con las costillas marcadas, husmeaban el suelo para descubrir los nidos de los insectos y hurgar entre la basura amontonada en las esquinas, sólo ellos cruzaban de vez en cuando su mirada con la del príncipe, cada vez más ausente, que deambulaba sintiendo la misma curiosidad febril. Excitado por la noche en blanco, Siddharta tenía ganas de quedarse toda la vida dando vueltas por la ciudad. Allí, en cualquier momento podía tener un encuentro de lo más extraño o vivir la aventura más emocionante. Le habría gustado llamar a todas las puertas y pedir que le alojaran sólo una hora, el tiempo necesario para que los habitantes se dieran a conocer y le contaran cómo habían pasado el día.

¿Quiénes eran realmente todas esas personas, en apariencia sencillas y humildes, que se afanaban día tras día construyendo sus casas, criando a sus hijos y trabajando en duros oficios?

«¿Cómo podré», siguió preguntándose el príncipe, «aunque crea que algún día seré el Iluminado, el que ilumina el camino a la gente, ayudar a los hombres, si ni siquiera los conozco?»

Enfrascado en esos pensamientos y esa emocionante revelación, Siddharta dobló por otro callejón igual de desierto y silencioso. Al principio todo parecía tranquilo, la calle era la misma que a la ida. Después de atravesar el barrio de los mercados llegaría a la zona de parques y jardines que rodeaba el palacio de Kapilavastu. Entonces, ¿por qué se angustiaba? ¿Por qué sentía esa opresión en el pecho y esas fuertes náuseas que le hacían sentirse inseguro y temeroso?

Fue un instante: Siddharta empezó a temblar, las piernas no le sostenían. Se agachó y se llevó las manos a la cabeza. De pronto un ruido ensordecedor casi le rompió los tímpanos. Apretó las manos con más fuerza, luego los codos, escondiendo por completo la cabeza entre los brazos. Tenía que tapar de alguna manera ese estruendo, pero no podía, era inútil, la intensidad del ruido seguía aumentando y atronándole los oídos.

Oyó un bramido profundo, como de un trueno, que le estallaba en el pecho y le revolvía las entrañas. Pero cuanto más miraba a su alrededor intentando adivinar lo que era, más se convencía de que ese estruendo no podía proceder del callejón por el que estaba caminando: no había ni un alma, todo estaba cerrado. ¿Qué podía ser? ¿Qué le estaba pasando? Siddharta temía estar a punto de perder el juicio, de enloquecer, no entendía qué encantamiento se había apoderado de él. Estaba aterrorizado y aturdido, se sentía al borde del abismo y sólo deseaba arrojarse a él, aspirado por el vacío.

Luego, la que al principio había sido una explosión de ruido confuso se fragmentó en un pandemónium de sonidos distintos, desde los más sordos a los más agudos, miles de voces, cantos y tonos que se entrecruzaban y separaban, iban y venían llenando el menor resquicio de silencio. Siddharta empezó a reconocerlos uno a uno, y a ponerles nombre.

Su oído, sensible a todas las vibraciones del aire sobre la tierra, percibía todos los ruidos que existían en el universo. Tormentas de sonidos invadían sus oídos con violencia inusitada, el murmullo de las mareas, el susurro de los vientos, el chasquido de los troncos partidos por los rayos, el crepitar del fuego y el retumbo del océano. Ruidos que ni siquiera conocía se elevaban claros y fuertes como si salieran de su interior. Arrastraban consigo imágenes de lugares que la vista no podía alcanzar. Dejándose llevar por esas notas, Siddharta empezó a visitar regiones inexploradas, el lejano entrechocar de las armas en las batallas y los chapoteos más profundos de los abismos marinos.

El aleteo de un gorrión, el susurro de un niño dormido, el latido del corazón de un feto en el cuerpo de su madre, la gota de rocío escurriéndose por la hierba, el hielo derritiéndose en el arroyo, el tronco que cae en la cascada, los movimientos subterráneos de los insectos que ponen huevos, el sudor de la mano del carpintero que agarra el hacha, la semilla de arroz al abrirse, la saliva tragada por el hombre asustado, todo participaba en el concierto y en el mundo de sonidos que Siddharta descubría y aprendía a distinguir. El escenario se ampliaba continuamente y ya incluía el movimiento de las más pequeñas partículas de energía, de materia viva, pues cada vibración, cada sonido significaban para él un nacimiento, el florecimiento de la vida.

Ebrio de ruidos, abrumado por la cantidad de vida que se había concentrado en su interior, Siddharta cayó al suelo, inclinó el rostro bañado en lágrimas sobre el pecho y perdió el sentido al oír su propia sangre que corría por sus venas.

Los besos de una desconocida

La muchacha se soltó el pelo largo y lo despeinó sacudiendo la cabeza con picardía. Llevaba una cesta con colirios de antimonio, preparados de cardamomo, clavos de especia para el mal aliento, esencias de almizcle y sándalo, resinas de colores para tatuar manos y pies, todo cuidadosamente sellado en sus envoltorios de hojas. A pesar de su juventud, la perfumista ya era una hábil vendedora y una experta conocedora de sus mercancías. El mercado era toda su vida.

La excitante fusión de sus olores era como una réplica de lo que ocurría entre las personas: se hacían nuevos conocimientos, aventureros, cazadores, astrólogos y mujeres misteriosas llenaban sus cestas de productos variados, procedentes de parajes lejanos o de las huertas caseras: estatuillas de marfil, incienso, telas finas, pero también gallinas y pavos reales, destinados a sus ricas o humildes moradas, o a ser transportados a tierras desconocidas donde se juntarían con otras maravillas. Los clientes se adentraban y se perdían en la confusión y el ambiente festivo que rodeaba la frenética actividad de los vendedores, y hacían confidencias increíbles, con las que siempre se aprendía algo. «Tienes el verdadero espíritu del mercader, niña, te vas a hacer de oro con ese talento para conocer los gustos de la gente», decía la madre de la joven vendedora.

Pero esa mañana la perfumista no se dirigió a su rincón habitual. Tuvo un encuentro sorprendente.

La muchacha, asombrada, se inclinó sobre el maravilloso cuerpo tendido en el suelo y admiró el hermoso rostro del joven cuyos ojos profundos, negros como el ébano, eran como espejos en los que podía mirarse. Lo había encontrado dormido en la calzada. Sus manos grandes y fuertes apretaban tres pequeños dados de marfil, y sus miembros armoniosos yacían en una postura majestuosa. Se preguntó qué hacía un hombre tan guapo, elegante como un cisne, irresistible como un emperador celeste, como un corsario que surca los mares, allí tumbado, solo como un vagabundo, con rastros de lágrimas en las mejillas. Le despertó susurrándole con dulzura la melodía de una canción de amor y lo llevó al arroyo, junto a un frondoso rosal y unas matas de zabira con cuya savia le untó la piel para luego darle un suave masaje en la espalda y así aliviar las molestias de haber dormido al raso.

—¿Cómo te llamas? —le preguntó Siddharta a esa muchacha que le había despertado de las pocas horas de sueño, después de haberse desplomado, agotado por las fuertes emociones de la noche pasada en el garito. Fue la primera frase que pronunció después de retener con una caricia la mano de la joven que le frotaba el cuerpo desnudo con ungüentos. Extasiada por el sonido de esa voz, que parecía conocer los secretos más oscuros del universo, la vendedora contestó con aire soñador:

—He olvidado mi verdadero nombre. Todos me llaman Flor de Canela, como esas flores que recojo en los prados y pongo a secar al sol para venderlas en el mercado.

—Si te han puesto el nombre de una flor no es porque las vendas. Yo mismo no habría sabido llamarte de otro modo, gentil Flor de Canela.

La muchacha sonrió, y el deseo de arrojarse en brazos del joven hizo que se ruborizara.

—¿Y tú? —susurró—. ¿Cómo te llamas?

—Me llamo Siddharta. Y la verdad es que en este momento es un nombre que me pesa. Tengo ganas de abrazarte, pero no sé si puedo hacerlo, porque sé que no volveremos a vernos. Somos dos extraños. Me gustas, Flor de Canela. Eres muy hermosa. Todo lo que tenemos alrededor hace que nuestro encuentro sea especial: el rosal, el arroyo, el inmenso prado. Pero yo no soy el hombre apropiado para ti… y quizá tú, que me miras así, ya lo sabes todo. De acuerdo, ven, ven a mis brazos.

Acostados en el prado, fundidos en un tierno abrazo, los dos jóvenes cuerpos se abandonaron a las delicias de una pasión recíproca. Se colmaron de besos y caricias, dejaron que sus cuerpos rodaran enlazados por la hierba y saborearon la voluptuosidad del acto amoroso.

Siddharta, enardecido por el deseo, sorprendido en la flor de la vida, sintió que en su interior brotaba una nueva fuente de energía capaz de transformar los sentidos: los colores se volvían más intensos, los olores más penetrantes, y el tacto, insaciable, percibía toda la belleza de las formas. A partir de entonces, después de haber experimentado ese poder magnético que nace del lenguaje de los cuerpos, arrebatador e intenso, que estaba aprendiendo a conocer, ¿cómo iba a renunciar a él? La vida deparaba al joven príncipe una sorpresa tras otra, y nada le parecía más importante que zambullirse en ese remolino y llegar a lo más hondo, explorar su fondo oscuro y fascinante, para descubrir si existe un solo origen de todos los seres vivos, una sola razón por la que todo nace y florece.

Miró a la muchacha, que había entornado los ojos y descansaba serena y saciada de amor con la cabeza apoyada en su pecho. El cabello largo, que antes acariciaba el viento, ahora le cubría el hombro, y era un contacto delicioso. «Las mujeres» pensó el joven príncipe «esconden en el cabello todo su misterio, esa fascinación sublime que prodigan con enorme sabiduría haciendo que los hombres pierdan la cabeza.» Flor de Canela abrió los ojos y sonrió.

—Me he quedado dormida. ¿Cuánto ha durado mi sueño, Siddharta?

—Muy poco, de veras, no parecías dormida, sólo tenías los ojos entornados.

—Qué extraño, recuerdo que he soñado. En el sueño tú caminabas despacio por una senda de robles gigantescos, un día soleado, y te seguía una fila de niños sonrientes. Te sentaste a la sombra del árbol más grande y los niños, que formaron un círculo a tu alrededor, de pronto se convirtieron en adultos.

»Tuve una sensación de paz que no sé explicar.

Siddharta la abrazó y no dijo nada.

—Buen viaje, Siddharta, tienes el corazón de un aventurero, no te quedarás mucho tiempo aquí. Flor de Canela tiene el don de leer los pensamientos de la gente, y en los tuyos ve que tendrás que marcharte pronto. No te entretengas: ve adonde te sugiera tu instinto, nadie podrá retenerte.

—No sé qué clase de aventurero ves en mí, pero has descubierto una verdad que yo mismo no puedo ignorar. Antes de seguir mi camino quiero regalarte estos tres dados. Que tengas suerte.

La muchacha cogió los dados que le tendía el príncipe.

—Guardaré cuidadosamente este precioso regalo.

Siddharta tomó el camino que llevaba a la ciudad. Se sentía ligero y despreocupado. No tardó en olvidar su deber de regresar al palacio, deseoso como estaba de visitar otros barrios y conocer a más gente.

Bien entrada la mañana Kapilavastu era un hervidero. Las calles que se ramificaban ante Siddharta y se perdían entre los bloques de casas de ladrillo o de piedra con varios pisos y escaleras en la fachada, o entre las tiendas repletas de mercancías expuestas en pirámides, eran un constante ir y venir de gente apresurada que caminaba serpenteando de un lado a otro de la calzada para no tropezar. Pero al paso de los palanquines con sus cortinillas ondeantes la riada se comprimía y los peatones, obligados a abrir paso, tropezaban unos con otros. Las elegantes sombrillas de palma de las señoras vestidas con saris de colores, cortesanas o nobles, chocaban con las cajas y las bolsas colgadas de las varas transportadas por campesinos con el torso desnudo; los mocosos corrían levantando polvaredas y respondían con fuertes risas a las amenazas de los tenderos, preocupados por sus recipientes llenos de cuajada, que alzaban los brazos agitando espantamoscas.

Atrapado en medio del gentío, Siddharta también estuvo a punto de chocar con un hombre de edad indefinida y aspecto desaliñado, acuclillado ante una cesta, que miraba con ojos idos las cabezas erguidas de las serpientes de cascabel.

—Bien hecho, mortíferas amigas —oyó que les decía el encantador a los reptiles amaestrados con una sonrisa sin dientes—: Era a él, a ese apuesto muchacho de aspecto tan noble que acaba de pasar, a quien queríamos asustar, ¿verdad, preciosas?

Pero Siddharta pasó de largo, y estuvo todo el día deambulando por la ciudad. Muchachas altivas con los párpados lacados y pómulos rosados pasaban contoneándose ante las miradas de individuos turbios, siempre dispuestos a armar camorra; un soldado de aspecto digno y marcial se sacudía el flamante uniforme después de haber ayudado a una mujer que llevaba un haz de leña a la espalda; brahmanes medio desnudos con el pelo recogido sobre sus cabezas blandían sus bastones para alejar a los espíritus malignos; jóvenes nobles caminaban con paso elástico acompañados de sus monos amaestrados o sus carneros de combate, muy ufanos, esperando obtener grandes ganancias en los corros y ruedos de los apostadores.

Santones con el cuerpo esquelético apenas cubierto de cortezas de árbol caminaban con la mirada baja dando grandes rodeos entre la multitud para no tropezar con las miradas seductoras de las mujeres, ni con las criadas que pasaban corriendo de taberna en taberna apretando contra su pecho licenciosas esquelas de amor.

Amas de casa rollizas, con sus hijos a horcajadas en la cadera, hacían la compra regateando hasta el último céntimo con los tenderos y llenaban las cestas que llevaban en equilibrio sobre la cabeza.

Enfrascados en sus afanes y placeres diarios, los habitantes de Kapilavastu no se percataban de que un joven les estaba observando y escuchando con enorme curiosidad, deseoso de participar en su vida siquiera con el pensamiento. Sus existencias, superficiales, lascivas u honestas, suscitaban reflexiones en la mente de Siddharta, donde empezaba a perfilarse el designio superior de un crecimiento espiritual que aún permanecía confuso. Después de su encuentro con el barquero y con la hermosa perfumista, que le habían iniciado primero en el juego y luego en las delicias del cuerpo, Siddharta recogía sus impresiones con avidez y estupor, sentía que esas semillas germinarían dentro de él con un orden preciso, pero aún era demasiado pronto para ponerles nombre. Su ansiedad por mezclarse con los hombres sólo aumentaba el ardor de la fiebre que invadía su mente.

Esperó al atardecer, quería ver cómo se recogían en sus casas esos hombres y mujeres que al día siguiente volverían a llenar las calles con el bullicio desordenado de sus vidas. Luego le pareció oír una voz que le llamaba desde el fondo de sí mismo: había llegado el momento de volver al palacio. Pero esa noche todavía iba a dormir allí, en la calle, bajo las estrellas. Como los desconocidos que no tenían nada, salvo la ropa que llevaban puesta, el príncipe se acostó en la tierra y se quedó dormido.

Siddharta tuvo un sueño.

Estaba en un jardín con tapias de cristal. El príncipe permanecía allí sentado desde siempre, inmóvil, rodeado de flores de trapo y mariposas falsas.

En la misma posición que cuando nació, Siddharta, con el cabello trenzado con aljófares, miraba al otro lado de la pared, donde nunca había estado. De pronto la pared de cristal se abrió. Una ráfaga de viento entró por la brecha. El delicado jardín se rompió en mil pedazos que fueron barridos como finísimas conchas. El príncipe se puso de pie, se soltó el cabello y dejó caer sus pesados ropajes de plata. Daba gusto sentir el viento cálido en la piel. Siddharta salió.

A lo lejos, primero como olas que encrespan el mar y luego como una animada danza, apareció la selva.

Ahora que veía ese horizonte verde y gris, le resultaba mucho más extraño que como se lo había imaginado durante los años de inmovilidad. Siddharta no había caminado nunca, y ahora lo hacía en esa dirección. O quizá estaba quieto y era el bosque el que iba a su encuentro. Siddharta se sintió como el navegante que por fin avista la tierra. Cuando entró en la selva no se dio cuenta, era la selva la que había entrado en él: sintió el aire húmedo en la cara, el torrente amigo le habló de su recorrido entre las rocas y le contó dónde se escondía su manantial entre los hielos. De un solo salto el tigre se subió a un peñasco y observó al príncipe, su nuevo compañero. Siddharta se detuvo donde el mantillo separaba dos altos cedros y vio unas piedras colocadas formando una rueda perfecta. Entonces comprendió adónde debía dirigirse y caminó hacia allí, porque le esperaban. Cuando divisó a Narayani, desnuda en el centro del claro, le pareció hermosísima. Al ver sus pechos y sus caderas de perla, el príncipe sintió un estremecimiento de deseo.

—He llegado, amiga mía. Ahora podemos ir a buscar a tu hijo.

—No leo en tus ojos el deseo de dar consuelo a una madre, príncipe.

—Para eso he venido —insistió Siddharta.

—No. Me has encontrado porque estás enamorado de mí. Has venido a buscarme a mí. No quieres ayudar a una madre. Todavía no eres capaz.

—¿Por qué me dices eso?

—Has llegado demasiado tarde, príncipe. Ya no podemos encontrar a mi hijo. Svasti está muerto.

La sonrisa del príncipe

Después de cruzar la puerta del recinto de Kapilavastu y contemplar los tejados de los palacios, las buhardillas y las torres, Narayani, con el corazón endurecido por la terrible pérdida de su hijo Svasti, tuvo la impresión de que veía por primera vez el auténtico color del oro. Nunca se había percatado de hasta qué punto el brillo de ese metal precioso podía cautivar la mirada e infundir paz en las mentes, hasta en las más atormentadas. Cálido y esplendoroso, el oro cubría las losas de largas avenidas arboladas y las glorietas de unos jardines encantadores cuyos parterres llevaban la marca de expertos jardineros.

La joven cortesana rasgó con las manos el borde de su vestido y se cubrió la cabeza con ese trapo, a modo de toca. El aspecto desharrapado con que había entrado en la ciudad después de un penoso viaje, sus piernas cansadas y su rostro demacrado hacían que se sintiera intimidada en medio de tanto esplendor. Caminó por una calle y atravesó un pórtico de piedra blanca adornado con frescos que representaban las hazañas de los dioses. Entre ellos reconoció al dios Visnú transportado por las alas del ave solar Garuda, su vehículo celeste, que bajaba a la tierra para salvar a un elefante sagrado atrapado entre los anillos del dios serpiente y de su consorte en un estanque de flores de loto. Narayani admiró un buen rato esa pintura; al final se atrevió a extender el brazo, pero detuvo la palma de la mano a escasa distancia de la piedra, sin osar tocarla. Una ciudad en cuyos muros se contaban las gestas misericordiosas de los dioses tenía que ser sagrada. Narayani se sintió conmovida. Quizá en esta ciudad recibiera la anhelada hospitalidad, y encontrara pronto al hombre que le daría la salvación, que infundiría esperanza a su dolor de madre privada, tal vez para siempre, del consuelo de volver a ver el rostro de su hijo.

En el fondo del pórtico había un amplio patio donde el aire olía a cedro y los pavos reales arrastraban por el césped su majestuoso penacho de plumas verdes punteadas de infinidad de ojos azules. Del patio arrancaba la imponente escalinata del palacio, adornada con estatuas de marfil. Ése debía de ser el suntuoso palacio donde vivían el rey Suddhodana y su hijo Siddharta. Embozándose en sus harapos, Narayani corrió sigilosamente hasta el pie de la escalinata para verla de cerca.

—¿Qué buscas aquí con ese aspecto agotado y dolorido, buena mujer?

Dos guardias habían visto a la joven cortesana y se acercaban a ella. Llevaban largas guerreras blancas y fajas de seda carmesí.

—No sé, creo que me he perdido. No encuentro la calle que me habían indicado —mintió Narayani, asustada.

—¿Adónde lleva esa calle? A lo mejor te podemos orientar.

Narayani, sin saber qué contestar, se mostró precavida con los guardias. Parecían cordiales y sinceros al ofrecerle su ayuda, pero había aprendido a no fiarse de ellos, y menos aún en ese momento, pues su zozobra seguramente le daba un aire sospechoso. ¿La habrían confundido con una ladrona o una mujer de mal vivir? La joven se alejó musitando unas palabras de excusa.

—Ahora me acuerdo, tengo que rodear el pórtico. No sé por qué he seguido de frente, ya sé que a una pobre mujer como yo no le está permitido entrar en los barrios nobles. Os pido disculpas y os deseo buena suerte, habéis sido muy amables.

Los guardias se miraron con expresión vagamente perpleja: para ser una pobre mendiga tenía unos modales muy refinados, ¿quién podía ser?

Pero Narayani, después de hacer una rápida reverencia, ya se había ido. Decepcionada por no haberse atrevido a preguntar por el rey, desanduvo lo andado y salió por el lado opuesto del patio. La calle por la que había llegado no estaba silenciosa como antes, sino llena de gente. Jóvenes nobles ricamente vestidos, con flores y aljófares en los rizos del cabello, caminaban en filas ordenadas intercambiando saludos afectados e inclinaciones de cabeza. Al frente de ese cortejo variopinto una lujosa silla de manos, rodeada de criados que agitaban abanicos, marcaba el paso del desfile, lento y acompasado, y se dirigía a los muros que separaban el palacio de los otros barrios de la ciudad.

Narayani se mantenía a una prudente distancia. Con la cabeza inclinada y envuelta en el trapo que había arrancado de su andrajoso vestido, caminaba deprisa pegada a las fachadas de unos edificios con revoque blanco. Procuraba pasar inadvertida y llegar a la altura de la silla de manos para ver, aunque sólo fuera un momento, movida por una súbita y desesperada esperanza de conseguir ayuda, el rostro del ilustre personaje que encabezaba el cortejo.

Cuando estuvo lo bastante cerca la silla de manos se detuvo, permaneció como suspendida en el aire, pero su pasajero, oculto tras los abanicos de plumas de pavo real, no se apeó. Lo único que se podía ver entre los plumeros era un tocado de oro cubierto de piedras preciosas, con un penacho de blancas plumas de cisne. Tenía que ser un hombre y, a juzgar por el color blanco del tocado, no debía pasar de los veinte años. Narayani, temiendo haber sido descubierta, retrocedió, se metió en un estrecho callejón entre dos edificios y permaneció allí acurrucada, con el corazón palpitante, esperando lo peor. De pronto el cortejo se abrió y lentamente rodeó el vehículo, sostenido por los robustos brazos de los siervos, con argollas de bronce. La joven suspiró aliviada: no era ella quien había despertado la curiosidad del personaje. Otro motivo, aún desconocido, le había inducido a mandar que se detuviera el desfile. Narayani, convencida de que no llamaba la atención, se dejó llevar por la curiosidad y, desde la esquina del edificio, observó inmóvil la escena.

Los abanicos se abrieron a la vez, como se abren los pétalos de una flor con el calor del sol. En el centro se irguió el joven del tocado de oro. Las blancas plumas de cisne se estremecieron ligeramente en el aire. Hizo una rápida inclinación de cabeza hacia cada uno de los siervos en señal de agradecimiento y bajó de la silla de manos. Por su altura y su empaque descollaba entre los demás jóvenes y, aunque su vestido era más sobrio que los llamativos ropajes de quienes le rodeaban, su figura llamaba la atención y eclipsaba a su séquito de nobles. Parecía dotado de un poder extraordinario que obligaba a mirar en su dirección. Luego resonó su voz, fuerte y decidida, dirigida a los miembros del cortejo:

—No avanzaremos así. No entraremos en la ciudad así, yo sentado en la silla y vosotros a pie. Sois mis amigos, no acepto este privilegio, no hay nada que me haga más importante que vosotros. He bajado para caminar a vuestro lado.

Ante sus atónitos acompañantes el joven esbozó una sonrisa y despidió a los siervos.

Narayani jamás se había sentido tan cautivada por la sonrisa de un hombre. La luz que emanaba esa mirada penetró como un dardo en su pecho y la dejó sin aliento. La belleza de ese joven era incomparable, bastaba con mirarle para alejar todos los pensamientos sombríos. Como el viento que baja del Himalaya y tersa el cielo sobre la llanura, su presencia iluminaba la mente y daba una sensación extraordinaria de libertad interior. Pero el detalle que más impresionó a Narayani fue otro. Se percató de que sus ojos se movían constantemente, parecía que no se detenían en nada ni en nadie; vivos y profundos, buscaban un horizonte invisible y lejano sin quedarse quietos, como si tuvieran nostalgia de algo muy valioso, perdido y aún no recuperado. Ese movimiento imparable de su mirada, en vez de parecer huidizo o distraído, daba la impresión de que veía lo que los demás no habían conseguido captar, de que apreciaba, en su inmensidad, los matices más sutiles y los continuos cambios de la realidad.

Narayani se estremeció al darse cuenta de que el joven, por imposible que pareciera, tenía que haberla visto, al otro lado de la multitud, una extraña presencia arrinconada junto a las paredes de los edificios. Desde ese momento tuvo la seguridad de que se hallaba delante del príncipe Siddharta, el magnífico hijo del soberano Suddhodana, del que tanto había oído hablar. Sólo él podía ser el hombre capaz de brindarle la ayuda que buscaba. Tenía que hablar con él a toda costa: un hombre así, cuya sola presencia emanaba una fuerza vital semejante a la del astro solar, no se negaría a escucharla.

El cortejo había reanudado la marcha en dirección al palacio, y el príncipe quedaba oculto por el gentío. De vez en cuando se veía su sonrisa radiante, y entonces los colores de los tejidos lujosos que ondeaban con el paso majestuoso de los caballeros se iluminaban y brillaban más que nunca. Sin perderle de vista, Narayani salió de su escondite y se acercó decididamente a él. Cuando llegó a la altura de la primera fila del cortejo se arrodilló en señal de devoción y habló:

—Alteza, ¿eres el príncipe Siddharta, el único que puede iluminar mi vida? Soy una pobre mujer que ha perdido a su hijo. ¡Sin él ya no sé quién soy!

Los jóvenes nobles que abrían el cortejo la miraron escandalizados. ¿Cómo osaba esa miserable, sin duda de la casta más inferior, acercarse tanto e incluso hablar en su presencia? Bastó un gesto, una orden, y unos siervos se adelantaron, agarraron con fuerza a la mujer suplicante, levantaron la grácil figura vestida de harapos y la alejaron todo lo posible del príncipe que, con el clamor y los vítores del pueblo, no había podido oír esa afligida petición.

—¿Cómo osas acercarte a unos hombres de la noble casta de los guerreros? ¿Cómo has podido dirigir tu mirada impura al rostro de nuestro excelso príncipe? ¿Cómo osas pronunciar su nombre, tú que perteneces a la ínfima ralea de los intocables, que vegetas entre los miserables, anónima entre los anónimos?

Mientras el caballero con los brazos tintineantes de joyas y amuletos la insultaba y la miraba con desprecio, los siervos le daban patadas y manotazos. El resto del cortejo seguía su marcha por la avenida sin prestar atención a la escena. Narayani vio cómo se esfumaba su esperanza de llamar la atención del príncipe Narayani.

—No es lo que creéis, dejad que os explique —gritaba Narayani, con la cara surcada de lágrimas—. Mi humilde apariencia no debe engañaros acerca de mi condición. No soy una intocable sino una estimada cortesana, una mujer libre. ¡Que alguien me ayude! ¡Ayudadme a disipar las desgracias que oprimen mi vida! Svasti, cariño, ¿dónde estás?

Un palafrenero blandió un látigo, dispuesto a golpearla. Narayani trató de esquivarlo zafándose de sus agresores, que la sujetaban firmemente en el suelo. El látigo silbó en el aire, pero el brazo del criado fue detenido por una mano robusta que lo agarró.

—Quietos, soltadla. Conozco a esta mujer, yo me ocuparé de ella. ¡Marchaos, dejadnos solos! —ordenó una voz enérgica que frenó la violenta agresión de los presentes.

Los siervos soltaron a la mujer, los caballeros, uno a uno, recuperaron su porte decoroso, le dieron la espalda con actitud de desdén, fingiendo desinterés por haber tenido que dejarla en manos de alguien más poderoso, que había salido en su defensa.

153

La verdad de Narayani

¿De quién era esa voz perentoria? En la mente de Narayani se agolparon recuerdos confusos y emociones súbitas, suscitando un pánico aún mayor que el que habían provocado las agresiones de esos hombres. La orden de su desconocido defensor había tenido un efecto inmediato, por lo que su autoridad debía de ser grande entre los nobles. ¿Sería un general? ¿O bien un señorito prepotente que deseaba apoderarse de ella para convertirla en su esclava? Quienquiera que fuese, ya era demasiado tarde.

Narayani y el joven estaban frente a frente, como en un duelo. Ella vio con espanto sus duros rasgos y sus cejas pobladas, arqueadas como dos hoces negras. ¿Podía ser él? La joven cortesana se armó de valor, retiró la tela que le cubría la cara y se soltó la larga cabellera negrísima. Su expresión cambió súbitamente y se volvió altiva. Le miró con ojos lascivos, como había hecho unos años antes.

—Sí, Narayani, puedes enseñarme la cara. Te he reconocido a pesar de esos harapos que no pueden ocultar tu belleza. He reconocido tu voz, tus ojos. ¿Cómo iba a olvidarte? Después de ti ninguna mujer ha sido capas de hechizarme como hiciste tú esa noche.

Devadatta, era él. Narayani se sintió desfallecer. Durante varios años había logrado esconderse y eludir el peligro de ser descubierta por los terribles guardias del padre de Devadatta, el rajá Dronodana, y ahora, en la ciudad sagrada de Kapilavastu, donde esperaba estar por fin a salvo, debía rendirse ante su perseguidor más temible, el que después de ser engañado sin duda habría jurado vengarse de ella.

—Qué cruel es mi destino —dijo fríamente la mujer.

—¿Crees que quiero vengarme? No te negaré, hermosa Narayani, que durante mucho tiempo ése fue mi deseo. Cuando me di cuenta de que me habías engañado y te habías burlado de mí, pobre ingenuo, te estuve buscando, cegado por el odio, y te aseguro que te habría matado. Quería ver tu cuerpo descuartizado por los tigres, tu piel ambarina lacerada por los vergajos de los eunucos. Cuanto más tardaba en encontrarte más te maldecía, te deseaba todos los males de este mundo.

Devadatta prosiguió, más calmado:

—Ha sido una enorme suerte que no te encontrara entonces, me espanta pensar que podía haber matado a la única mujer de mi vida, a la única que he deseado, a la única que podría amar. Tú, Narayani, me has ayudado a saber quién soy, de qué naturaleza es mi alma.

—No te entiendo.

—Al ejercer tus oscuros poderes sobre mí, me desvelaste los abismos de Mara, a los que pertenezco y por los que lucharé hasta la muerte. Sólo en esos reinos donde la vida es placer, ardor y duelo a muerte, me siento yo mismo. Bendita sea la crueldad de la que hablas, Narayani, que te pertenece tanto a ti como a mí y es la realidad de todas las cosas.

—Mátame, te lo ruego. Hunde tu espada en mi carne, véngate antes de que lo haga tu padre.

—Jamás, antes me mato yo. ¿Por qué has nombrado a mi padre? ¿Me ocultas algo, Narayani?

Narayani no contestó, examinó el rostro sombrío de Deva-datta. Se sentía terriblemente sola. Tenía que decir la verdad, la mentira no serviría de nada.

—Mereces saber la verdad, Devadatta. No huí para ofenderte, no incumplí mi deber de cortesana para herir tu orgullo y ganar-me tu odio. Te habría iniciado en el amor con la mayor dulzura y solicitud de haber podido hacerlo. Pero fue algo más fuerte que yo, estaba turbada y abatida por lo que me acababa de suceder.

—¿Qué era lo que te atormentaba? Habla, no me tengas sobre ascuas.

—Unas horas antes de nuestro encuentro tu padre estuvo conmigo. Me violó. Entró en mi alcoba y poseyó mi cuerpo. Cuando me llegó el momento de acostarme contigo aún tenía los verdugones y arañazos de su violencia.

Devadatta se encolerizó. Nunca habría imaginado una afren-ta semejante de su padre.

—Eso que me dices es gravísimo, pero las consecuencias son aún más graves. ¿Por qué no me lo contaste esa noche?

—Eras un muchacho. Lo único que podía hacer era huir.

—¿Dónde has estado escondida todo este tiempo?

—He vagado por bosques y montañas en busca de un lu-gar para refugiarme.

—Ahora que lo sé todo, no dejaré que te vayas. Ahora eres mía, estás bajo mi protección.

Narayani bajó la mirada.

—Eso no es todo, Devadatta. Aún me queda algo por decir.

—¿Qué más tengo que saber?

—Soy madre. Después de mi fuga de Nagadvipa tuve un hijo varón, se llama Svasti. Acaba de cumplir tres años, y ya no está conmigo. Lo han raptado.

—¿Quién ha sido?

—Tu padre. Vuestro padre.

Devadatta no pudo ocultar el desconcierto que le había pro-ducido esa última revelación. Un hijo engendrado por su padre: eso significaba que tenía un hermanastro, un rival al que seguramente el rajá Dronodana pensaba moldear a su antojo para que le arrebatara a él, Devadatta, la herencia del reino.

—Juro sobre mi espada que encontraré a tu hijo y te haré justicia —dijo secamente—. Estoy ansioso por enfrentarme a mi padre. En cuanto a ti, Narayani, debes hacer lo que te digo. Ve hoy mismo a la taberna de los Siete Búhos, que está en el barrio de los mercaderes. La reconocerás por la bandera negra con siete búhos de oro que ondea en el techo. Pregunta por la dueña y dile que te manda Devadatta. Repítele exactamente esta frase secreta: «Mil son las hierbas en un prado». ¡Repite!

—Mil son las hierbas en un prado.

—Muy bien, no la olvides. La dueña se ocupará de ti y te hospedará. Quédate ahí y espérame. Volveré pronto. Ahora vete, y ten mucho cuidado; no comentes con nadie lo que hemos estado hablando.

Narayani le observó atentamente. Parecía sincero. Se sorprendió a si misma al darse cuenta de que se fiaba de sus palabras y sentía un repentino sentimiento de gratitud por ese joven, al que había tomado por su perseguidor.

—Haré lo que dices, esperaré tu llegada.

La joven cortesana se alejó bajo el sol abrasador, tapándose de nuevo la cabeza con el harapo. Le dolía más que nunca la separación de su pequeño Svasti. En la oscuridad de aquella noche había perdido la vida. Las imágenes de un sueño, incomprensible, irrumpieron en su mente.

La culpa del padre

Devadatta estaba furioso. Sentado en la tribuna junto a su padre, apoyado en el rígido respaldo de su asiento, el primo de Siddharta observaba el perímetro de la arena con mirada torva y grave. Las dos formaciones de amazonas estaban frente a frente, a ambos lados del coso. Los cuerpos, untados de aceite, llevaban unas escuetas pieles de mono con largas colas retorcidas que dejaban al descubierto las extremidades llenas de tatuajes y el único pecho, el izquierdo. La hirsuta cabellera revelaba la doble naturaleza de esas extrañas criaturas, mitad humana mitad ferina.

Dos guerreras atravesaron la arena llevando en sus robustos brazos enlazados el cuerpo de una mona con cara de mujer vieja, llena de arrugas y con una larga cabellera blanca y despeinada. Al llegar bajo el palco de maderos toscamente labrados que dominaba la arena, la mujer-mona levantó los brazos huesudos y juntó las manos sobre su cabeza a modo de saludo. En el palco estaba sentado el rajá Dronodana, que había acudido para asistir al combate.

La ferocidad, la sed de combate con que esas criaturas medio mujeres medio monas se disputaban la victoria superaba con creces a las de los luchadores más violentos. El entretenimiento estaba asegurado, por eso Dronodana había ordenado que se ofreciera ese espectáculo tan exclusivo en honor a la visita de su hijo Devadatta, recién llegado de Kapilavastu.

Dispuesto a no dejarse impresionar por tan extravagante recibimiento de su padre, Devadatta apenas miraba a las luchadoras, no prestaba atención a sus lances y esperaba el momento oportuno para abordar al rajá y obligarle a confesar su fechoría. Cuanto más pensaba en los abusos cometidos cuatro años antes tras los muros de esa ciudad, según se desprendía de las revelaciones de Narayani, más intenso se hacía su odio a su padre. Ahora sabía que ese hombre aún codicioso era capaz de maquinar a sus espaldas, ocultándole el nacimiento de un hermano ilegítimo que acabaría siendo su rival.

La vieja mujer-mona bajó de su improvisado asiento de brazos humanos y corrió, saltando con inesperada agilidad, hasta el centro del coso, donde lanzó el grito agudo y estridente que daba inicio a los mortíferos combates.

—¡Hijas de Hanuman, que el gran dios mono, fiel servidor de Rama, os dé placer en el dolor y embriaguez de sangre!

—Mira, Devadatta, mira cómo avanzan estas amazonas, cómo cabalgan como furias frotando la piel desnuda con la grupa de sus monturas. Fíjate cómo sacuden su cráneo erizado, en un arrebato demoníaco, antes de lanzar la flecha. Deja que vibre en tus venas el restallido de los látigos uncinados, el estruendo de los carros falcados.

»Gocemos del espectáculo. Se presentan tiempos gloriosos para nosotros y nuestro reino. Es más, ya están aquí.

Devadatta permaneció impasible. Por nada del mundo le daría a su padre el gusto de perder los estribos y dejarse llevar por su euforia.

—¿No te parece excesiva tanta exaltación, padre? Nunca te he visto tan entusiasmado, y desde luego un vulgar torneo no puede haber enardecido de este modo tu ánimo.

—Eres sagaz, hijo mío, se ve que me conoces bien. Para excitarme se necesitan otras cosas y, créeme, hoy tengo buenas razones. Por fin he recibido la noticia que estaba esperando.

—Creo que no merezco que me hables con esa reserva, como heredero tuyo yo también tengo derecho a ser informado. ¿Qué noticia es ésa?

De pronto se levantó una enorme polvareda, que envolvió a los dos espectadores sentados en el palco como si fuera una tormenta de arena. Las palabras del rajá y su hijo Devadatta fueron acalladas por espantoso fragor de caballos al galope: las amazonas se lanzaban unas contra otras como tigres, ansiosas de arrancar jirones de carne sanguinolenta. Era una lucha atroz. Las criaturas, adiestradas para matar, con una violencia feroz y extrema perdían sus atributos humanos y se transformaban en fieras. Los asaltos, cuerpo a cuerpo, sólo terminaban cuando una de las contendientes se desplomaba en el suelo con el vientre rajado o la garganta atravesada por una flecha. La vieja mujer-mona cogió el palo encendido y con el ascua de la punta pinchó los cuerpos caídos para comprobar si estaban muertos.

También Devadatta sentía bullir en su interior la sangre de la ira y crecer la sed de venganza.

—Si un hombre cayera en medio de esa lucha sería el primer descuartizado —dijo Dronodana, que se había puesto de pie para no perderse el espectáculo, con un tono ligeramente provocador.

—¿Es lo que te gustaría ver, a un hombre atacado por esa horda de mujeres enfurecidas? Te encantaría, ¿verdad?

Al rajá le bastó una seña para que arrastraran hasta el centro de la arena, agarrándolo por el pelo, a un esclavo medio desnudo con musculatura de bisonte. La entrada del hombre suspendió por un momento la refriega. A una orden impartida por la voz estridente de la vieja las guerreras se apartaron y dejaron a una de ellas en el centro.

—Ésa es la gran sacerdotisa, la virgen guerrera consagrada al dios Hanuman. ¡Es más cruel y peligrosa que una mantis! —dijo Dronodana, exaltado.

La mujer guerrera de piel negra, que parecía una escultura de ónix, descabalgó. Era la más pequeña de todas y tenía la figura más flexuosa y armoniosa. Adelantó un muslo, mostrando la tensión de los músculos y los tendones finos como cuchillos, y con los ojos inyectados de sangre miró a su presa y empulgó el arco. Ese movimiento, ejecutado con gran destreza, reveló a Devadatta la función de la horripilante mutilación de uno de los pechos que sufrían las amazonas: el extremo de la flecha, armada en el arco y sujeto por los dedos apretados de la arquera, se ajustaba perfectamente al perfil plano, sin seno, de la virgen de Hanuman.

—¡Entregadle un arma, quiero un duelo con armas iguales! —gritó la espléndida guerrera.

Le dieron al esclavo un arco aún más grande que el de su adversaria. El hombre, dispuesto a defender su vida, avanzó un paso y apuntó, pero el dardo invisible, partiendo del pecho mutilado de la sacerdotisa, se le clavó en la garganta y le mató.

Devadatta empezó a perder la paciencia. El combate podía prolongarse indefinidamente, quizá su padre había preparado a propósito ese desagradable espectáculo para evitar tener que abordar con él unas cuestiones privadas muy delicadas.

—Son como una manada de fieras, se atacan sin descanso hasta que vence la mejor. ¿Hasta cuándo va a durar esta horrible representación? ¿Por qué tengo que esperar tanto antes de que me reveles cuáles son tus planes nefastos, rajá Dronodana?

—En tu joven corazón hay demasiada prisa, querido Devadatta. ¿Acaso no sabes que las buenas noticias son mucho mejores cuando se saborean poco a poco? Pero entiendo tu impaciencia, de modo que no te haré esperar más.

»Se trata de tu primo Siddharta: por fin su destino está ensombrecido por funestos presagios.

161

La mirada de Devadatta se hizo más torva. No era de Siddharta de quien quería hablar con su padre.

—El príncipe, consumido por las pasiones, ha renunciado para siempre a marcharse del palacio. Ya no es una amenaza para mi reino y el de Mara.

—¿Eso es todo?

—¡No seas necio! ¡No me dirás que has olvidado las profecías de Mara!

—¿Hablas de esos estúpidos temores con los que me has criado? Siempre he pensado que Siddharta nunca tendrá un poder extraordinario. Nunca he creído en tus supersticiones. Yo sólo escucho la verdadera voz de Mara, y no es precisamente contra Siddharta contra quien me pone en guardia.

—¡Necio! ¿Qué estás diciendo? ¡No mereces ser mi hijo!

Al oír esas palabras la ira de Devadatta aumentó.

—Claro que no lo merezco, ahora que tienes otro hijo. Podrás hacer con él lo que siempre has intentado conmigo, convertirlo en tu esclavo. Lo sé todo, es inútil que trates de recurrir a tus argucias.

Dronodana miró a su hijo, consternado. ¿Cómo se había enterado?

—Dime dónde has escondido al hijo de Narayani y no te haré pagar con sangre el dolor que me has causado todos estos años. Vamos, di, dónde está? —le repitió Devadatta a su padre.

—Ahora no, aquí no. Te hablaré de ello en cuanto salgamos de este lugar.

En la arena la gran sacerdotisa se arrodilló ante la vieja mujer-mona, que le puso una corona de adelfas rojas como las que llevaban los condenados a muerte.

Dronodana salió del palco acompañado de Devadatta y caminó por el largo pasillo que llevaba a una oscura ala del palacio.

—¿Qué hace él aquí? —preguntó Devadatta.

—¿Quién?

—El hombre que acaba de escabullirse por esa puerta es el brahmán Asita. Le he reconocido, estoy seguro.

—Es lo que he intentado decirte antes de que me atacaras con esa historia del hijo de Narayani. Asita es el que me ha informado. El príncipe había cavado un túnel. Se ha encontrado una abertura. Pero al parecer el príncipe ha renunciado. Quizá no sea tan fuerte como creía. Evidentemente, los placeres que le esperan cuando sea rey no le desagradan. Asita, el brahmán, es nuestro aliado, él también ha empezado a darse cuenta del daño que puede causar el advenimiento del Buda al mundo de los hombres, él también teme que Siddharta sea la encarnación que acabe destruyendo el poder de los brahmanes.

El tono del rajá se calmó.

—Recuerda esto, Devadatta: la batalla contra Siddharta será la única, la verdadera batalla de tu vida. En cuanto al hijo de Narayani, no tienes nada que temer. Cuenta siete lunas desde hoy, y al octavo día dirígete adonde el agua del canal entra en el bosque, allí te estará esperando una barca. Te llevaré hasta donde se encuentra Svasti.

La trampa

Narayani contempló desolada el resplandor de la taberna. La enseña de los Siete Búhos estaba raída y hecha jirones. Frente a la entrada había un desagradable charco de agua verdosa. La mujer intentó guardar la calma, pero ya no sabía adónde acudir para evitar que la desesperación se apoderase de ella una vez más, con más fuerza. Hizo de tripas corazón y entró.

—¿Qué buscas tú aquí? No tenemos comida para los mendigos —le recibió la voz ronda de una mujer gruesa.

—Estoy aquí porque me manda Devadatta, el señor. Ha dicho que podéis ayudarme.

—¿Devadatta? Hum… ¿y no te ha dicho nada más el amo?

—Mil son las hierbas en un prado —susurró Narayani, pálida.

La mujer gruesa entornó los ojos y se pasó la lengua por los labios.

—Espérame aquí —dijo, bajando por unas angostas escaleras a la derecha de Narayani.

Sucedió en un abrir y cerrar de ojos. En la oscuridad de la escalera se oyeron unas voces excitadas y dos jóvenes canallas aparecieron en la puerta y se abalanzaron sobre la desdichada Narayani. Detrás de ellos salió la mujer gruesa, muy ufana.

—Por fin, una palomita nueva —gritó con descaro.

Narayani se defendió con uñas y dientes. Dio patadas, mordió a uno de sus asaltantes y se dio un fuerte golpe en la cabeza con el suelo de tierra.

La arrastraron agarrándola por el pelo hasta las escaleras y la arrojaron en un cuarto sin ventanas. Sin ver ni poder hacer nada se dio cuenta de que uno de los hombres la estaba encadenando a la pared. El asco y el horror pudieron más que ella y dejó de resistirse. Si ése era su destino, pensó, que se consumase deprisa. De una vez por todas.

Había pasado un tiempo interminable. Narayani, débil por el hambre y el desconsuelo, se había quedado dormida varias veces. El horror por hallarse en lo que sin duda era una cámara de tortura borraba cualquier otro pensamiento.

Cuando oyó pasos en la escalera aguardó paralizada, sin saber adónde mirar.

—Bienvenida, dulce Narayani, ¿estás contenta con la hospitalidad de los Siete Búhos? —le pareció ver la sonrisa heladora de Devadatta en la sombra más espesa.

—Tú… Yo creía… Eres un mentiroso, te maldigo.

—Creía que conocías mejor el corazón de los hombres, dado el comercio que has tenido con ellos. ¿Qué te habías creído, puta? Desapareciste durante años. Me convertiste en el hazmerreír de todo el palacio cuando, esa maldita noche, me dejaste dormido… como sólo puede sucederle a un joven inexperto y torpe. Ahora se han vuelto las tornas. Ahora ya no puedes darme tus brebajes.

—¡Eres un estúpido, sólo eres capaz de hacer el mal, como tu padre! —dijo Narayani, desesperada—. Ni siquiera sabes ayudar a una mujer que busca a su hijo, no sirves absolutamente para nada.

—Practicar el mal es un arte, pero tú eres demasiado ignorante. Hay cosas que no entenderías. Pero no es verdad, Narayani, que no pueda encontrar a tu hijo. Yo lo veo todo, lo sé todo. Podría ayudarte… —dijo Devadatta, bajando el tono de voz para hacerla más persuasiva—. Por supuesto, de una mujer tan bonita como tú querría algo a cambio.

La mano de Devadatta se coló entre la ropa de Narayani, acariciando los pechos y los pezones de la prisionera.

—¡Mátame —gritó Narayani—, pero no me toques! ¡Nunca me tendrás! Antes que acostarme contigo lo haría con un perro.

En la cabeza de Devadatta estalló una ira ciega. Una vez más había errado. Había capturado a su presa, pero así no sentía satisfacción.

El rechazo de esa mujer misteriosa le humillaba profundamente ante sí mismo. La mano apretó el pezón con fuerza, como si lo quisiera arrancar. Luego se retiró, dejando un verdugón.

Pálido, Devadatta permaneció inmóvil en la oscuridad, mientras Narayani sollozaba. Luego, sin decir palabra, salió de la mazmorra.

Esa mujer era valiente. Sabía que no podría doblegarla, y además su valor era justamente lo que más le atraía. Devadatta volvió a pensar en su mano en el pecho de ella, en esa mirada tan intensa, en su orgullo cuando gritaba: «¡Mátame!».

Había pasado años soñando con ella, y ahora que la tenía enfrente era aún más hermosa que en la fantasía. Lo había echado todo a perder. Maldijo a su padre y a sus intrigas palaciegas. Él no era así, era un hombre capaz de enamorarse. Haría cualquier cosa por Narayani, le demostraría lo que era capaz de hacer.

¡Eso es! Le traería a Svasti, se presentaría ante ella y le diría: «Narayani, has interpretado mal mis intenciones, te he traído a Svasti, tu hijo».

Reconfortado por ese pensamiento el joven subió las escaleras.

—Amo, he cumplido tus instrucciones a la perfección. ¿Te gusta la carne de la joven? —le asedió la mujer gruesa.

—Calla, desgraciada. Ve allá abajo y suéltala inmediatamente. Dale de comer y deja que se vaya.

Luego, dirigiéndose a uno de los matones, dijo:

—Y tú, canalla, en cuanto la mujer salga de la fonda, síguela a todas partes. Si la pierdes de vista aunque sólo sea un momento, tu vida tendrá menos valor que la de una cucaracha.

Devadatta salió a la calle embozándose en la capa.

Siete días después se reuniría con su padre y sabría dónde tenía escondido al pequeño Svasti. Su prenda por el amor de Narayani.

Máscaras de muerte

Desde el día en que regresó de las calles de Kapilavastu, Siddharta se había vuelto exigente e inquieto, como si sintiera un desasosiego desconocido. Ese ansia de actividad y movimiento se traducía en un ritmo de vida cada vez más frenético, y no parecía que el príncipe quisiera renunciar a él. Se notaba muy cambiado. Ya no le apetecía pasear a la orilla del río, como antaño. Al contrario, esos paseos le aburrían. Prefería el bullicio de los torneos, de los concursos de tiro con arco, las veladas musicales y las grandes fiestas llenas de amigos. La vida de palacio, como la de la ciudad, brindaba muchas ocasiones de encuentros y agradables conversaciones a la sombra de los cenadores o en las salas cubiertas de tapices preciosos. En las reuniones Siddharta siempre estaba de un humor excelente, siempre era el primero en llegar y el último en marcharse.

Sólo cuando empezaba a caer la noche y los grupos de amigos se disolvían, cada cual regresaba a su casa y le dejaban solo, el príncipe sentía una ligera tristeza que a veces le acompañaba hasta las primeras luces del alba. Siddharta ya no amaba esa soledad, quería escuchar la voz de los demás, deseaba estar rodeado de rostros que no fueran el suyo. A veces, en tardes así, el príncipe pasaba las últimas horas del día con las concubinas del gineceo real, para rendirse a sus zalamerías y a su refinada lascivia.

Ya era de noche. Siddharta caminaba por el pasillo que llevaba al gineceo con paso más decidido que otras veces. La necesidad de acallar la voz que le incordiaba era demasiado fuerte, sólo la habilidad de esas mujeres podría remediarlo. No tenía que haberle hablado con tanta franqueza al brahmán que, desde hacía algún tiempo, según le habían contado, se dedicaba a criticar su conducta. Ahora Siddharta se sentía aún más irritado; lo que le había dicho el sacerdote justo antes de la cena le había ofendido. Sin embargo, cuando le abordó se sentía muy seguro de sí mismo:

—Oye, viejo brahmán, dime una cosa, ¿acaso tienes algo contra mí? Siddharta te escucha. Si tienes algún reproche que hacerme, prefiero que lo digas claramente.

—No son reproches, príncipe Siddharta. Tan sólo te recuerdo que sobre la vida se extiende el velo de Maya, la realidad sólo es apariencia y sueño. ¿Por qué, entonces, te obstinas en gastar tanta energía, cuando estás buscando otra cosa en tu interior?

—Si la vida es sueño, ¡mejor que sea emocionante! ¿Por qué no vienes tú también a visitar a las concubinas reales, brahmán? ¡Pasaremos una magnífica velada arrullados por sus velos y sus danzas!

—No lo tomes a mal, Siddharta, pero cuanto más te observo más me convenzo de que eres como un pájaro asustado que no sabe hacia qué meta dirigir el batir de sus alas.

Siddharta aún no había logrado silenciar el zumbido de esa frase en su mente. Cuando ya pisaba los suelos de mosaicos de mármol que conducían al gineceo real, el príncipe se sintió abrumado por unas preguntas para las que no tenía respuesta: «¿A qué viene este temor? ¿De qué estoy huyendo? Es como una imagen, un recuerdo doloroso y lejano que quiero olvidar a toda costa. Pero ¿por qué no puedo soportarlo?».

Las concubinas, envueltas en velos transparentes, algunos de ellos sujetos a la frente con diademas de oro, dirigían furtivas miradas hacia una habitación abovedada con molduras cobrizas y refulgentes. Ardientes de deseo, con flexuosos movimientos de danza fueron al encuentro del hijo del rey, Siddharta, el más hermoso de los hombres, que no había querido faltar a la cita y, después del banquete de la tarde, venía a gozar de su compañía.

«¡Es la encarnación de Kama!», cantaron las mujeres cuando apareció el joven príncipe, comparándolo con el dios del amor, espléndido ser celestial que viaja en alas del pavo real.

La cámara donde entró el príncipe Siddharta tenía las paredes revestidas de tapices de color verde y azul celeste. En cada uno se representaba una escena de pasatiempo amoroso. La mujer representada en un rincón apartado de la pared, con hilos de plata en el cabello, recibía entre sus suaves muslos el cuerpo esbelto de un amante.

Cruzando miradas de inteligencia, las mujeres que rodeaban a Siddharta y daban vueltas a su alrededor como estrellas en torno al dios lunar dejaron de una en una sus instrumentos y empezaron a lanzar suspiros lentos y anhelantes. Las más jóvenes, turbadas por la belleza del hombre con quien tenían el honor de pasar la noche, no reían ni hablaban, sólo los pómulos de sus mejillas se arrebolaron, iluminando su tez delicada. Las otras, más expertas, contoneaban sus anchas caderas adornadas con aros y amuletos de plata. Mil espejuelos de cristal se bamboleaban y entrechocaban colgando de flojos cinturones que dejaban al descubierto el realce del vientre justo por debajo del ombligo.

—Seríais capaces de encandilar a ascetas libres de la pasión, de turbar a los mismísimos adivinos, como le sucedió en los tiempos antiguos al poeta Vyasa, que en muchas virtudes superaba a los dioses, y se quedó prendado de la belleza de la prostituta Kasisundari —dijo Siddharta, elogiando la danza de las concubinas.

Pero desde su entrada en la cámara tan lujuriosamente tapizada aún no había podido aplacar el malestar que le hacía sentirse cada vez más inseguro. Las imágenes que pasaban ante sus ojos se velaban con ese sentimiento, se desteñían y se volvían opacas.

A medida que aumentaba el ritmo de la danza, en los rostros pálidos y ambarinos de las mujeres las sonrisas cada vez eran más amplias, los párpados se entornaban con arrobamiento y las cortesanas, cada vez más cerca de su cuerpo, intentaban atraerle con zalamerías, guiños, gestos procaces y suspiros profundos. Pero su ardiente deseo sexual no obtuvo respuesta. Las mujeres, desilusionadas, se percataron de la pasividad del príncipe, de su insólita reticencia.

—¿Por qué no me deseas, es que no te gusto? —le susurró una de ellas a Siddharta, que retenía la mano de la mujer, dispuesta a desnudarle.

En vez de aplacar el ardor del cortejo, la reserva del príncipe tuvo un efecto explosivo en las concubinas que le rodeaban. Como la deflagración de las llamas, cada una de ellas dio rienda suelta a sus mejores artes de seducción. Del grupo de mujeres se destacaron cuatro, y se ofrecieron juntas a Siddharta rozándolo con sus pechos firmes y deliciosos. Luego, al ver que no provocaban ninguna emoción, se echaron en el suelo y alargaron los brazos para acariciarle los pies. Llegó una quinta mujer que le abrazó con ternura y le besó en el cuello con su boca cobriza que olía a licor. Otra, con la cara desencajada, empezó un baile frenético. Con un movimiento de vaivén, su cuerpo medio desnudo que destilaba un ungüento brillante se frotaba contra el del joven príncipe. Pero él permanecía inmóvil y su humor, en vez de mejorar, empeoraba. Siddharta veía con mucha lucidez que su mente y su carne ya estaban saciadas, aún antes de abandonarse al rapto de los sentidos. Aunque desconocía el motivo de ese rechazo, sabía que ocultaba un significado profundo pero demasiado lejano aún para ser desvelado. Era como si tuviese que buscar en su memoria, en un recuerdo sepultado por el tiempo, la verdad y la fuerza de lo que sentía. Sintió una punzada en el corazón, era como un león alcanzado en el pecho por una flecha envenenada, como un elefante herido por una lanza arrojada con violencia. «¿Por qué no puedo sentir lo que sentiría cualquier otro hombre en mi lugar, rodeado de tanta belleza provocadora?», se preguntaba con ansiedad el joven príncipe mientras apartaba a las mujeres. «Mis ojos sólo ven tristeza, los colores más vivos se apagan, y las formas insinuantes de estas espléndidas criaturas, hermosas como flores singulares, sofocan mi aliento, me oprimen la garganta con un acceso de náuseas.»

Siddharta no entendía nada.

De pronto las danzas convulsas, los innumerables estímulos de los sentidos que le prodigaban las concubinas, cada vez más arrebatadas, dejaron de representar una amenaza. Siddharta se aplacó y vio lo que nadie más podía ver.

Una muchacha de tez clara y aterciopelada, con ojos como perlas de jade, se situó frente a él con todo su esplendor. Siddharta la miró sin hacer ademán de avanzar. La muchacha interpretó la reserva del príncipe como una muestra de encantadora timidez y se sintió halagada, ya que además él no dejaba de mirarla intensamente, como si la hubiera nombrado la más bella de todas.

Realmente Sama era la más agraciada de las concubinas reales, superaba a las demás en juventud y candor. Pero estaba escrito que precisamente la pequeña Sama, con su fama de provocar pasiones inextinguibles, con sus encantos a los que nadie podía resistirse, causaría espanto a Siddharta. El rostro perfecto de la muchacha fue el primero en desvelar su auténtica naturaleza transformándose ante la mirada del príncipe: la juventud que resplandecía en sus mejillas dio paso repentinamente a la vejez, como si en un abrir y cerrar de ojos hubieran transcurrido más de cien años. La piel fina y delicada se llenó de duras escamas surcadas por arrugas profundas como heridas, y le cayó en pliegues repugnantes sobre el cuello. Lo mismo que la cara, el resto del cuerpo empezó a encogerse, las extremidades a agarrotarse, los pechos a colgar, vacíos, las manos a encorvarse como garras de ave rapaz. La mujer avanzó y Siddharta la rechazó. Ella se acercó más aún, y él volvió a retroceder huyendo de sus acercamientos. La concubina no entendía nada, el comportamiento versátil del príncipe la irritó y le habló con tono despectivo:

—¿Qué te sucede, príncipe, ya no te gustan las mujeres? ¿Qué clase de hombre eres? —Su voz seguía siendo de muchacha, pero Siddharta comprendió que si la dejaba seguir hablando ese sonido tan agradable sufriría la misma transformación que había envejecido y devastado el cuerpo. La voz no tardaría en volverse ronca y cascada como la de las personas decrépitas.

—¡Si te resistes a mis encantos quiere decir que no vales nada como hombre! —siguió ofendiéndole la mujer.

—Tus insultos no me hieren, es más, acrecientan la pena que siento por ti, Sama. Mírate. Ha llegado el momento de que tú también contemples la realidad iluminada. Mira el reflejo de tu cara en este espejo y dime, si es que tienes fuerza y no enloqueces al momento, si lo que ves puede llamarse belleza y puede suscitar el deseo de un hombre.

En cuanto Sama se vio en el gran espejo de marco de marfil palideció. Era tal la repulsión que le causaban sus facciones deformadas que no pudo contener un grito de horror. Se arrancó mechones de cabellos grises y estropajosos, se arañó la cara con las uñas. Tiró al suelo el espejo y éste se rompió en mil pedazos, que se desperdigaron como brillantes por el suelo de mosaico esmaltado en oro. La mujer, como posesa, salió corriendo mientras gritaba:

—Un atroz maleficio se ha apoderado de mí. ¡Dios Siva, te lo ruego, mátame antes de que me quite la vida con mis propias manos!

Siddharta, al ver la desesperación de la concubina, sintió una enorme compasión. Pero sabía que la vida de esa mujer sería larga, y que esa noche de lujuria y horror quedaría sepultada en su memoria como el confuso recuerdo de una pesadilla.

Mientras caía la noche sobre la ciudad, oscureciendo los grandes ajimeces que daban a los jardines del palacio, la vista de Siddharta se agudizó y fue capaz de ver a través del velo de Maya, el paño oscuro y pesado de las apariencias. Esa noche, en la cámara de las concubinas, Siddharta fue como el que baja a los abismos marinos y, más allá de la agitación de las olas, es capaz de ver todos los colores del coral, todas las formas de las algas y las aletas de los peces. Siddharta adquirió el poder de dormir una a una a las muchachas y observarlas con sus verdaderas facciones, las que ocultaban la belleza y la perfección de sus cuerpos. El príncipe vio la cara oscura de esa belleza y esa perfección. Entumecidas como los cadáveres que flotan en la superficie del agua, las cortesanas iban cayendo una tras otra entre los cojines, y al perder el conocimiento quedaban en posturas indecorosas, con las bocas abiertas, inexpresivas y obscenas. Sus ojos, que antes eran vivaces y parpadeaban con sensualidad, miraban vidriosos al vacío, sin ningún encanto.

Siddharta deambuló entre ellas y moviendo lentamente la cabeza observó ese cementerio de cuerpos tumbados boca arriba, de rodillas huesudas que sólo podían pertenecer a esqueletos, no a piernas bien torneadas. Una dormía apoyando la mano medio abierta en la mejilla de su compañera, mientras el mentón se le llenaba de saliva. Otra, cuyo blanco vestido se había deslizado de sus pechos, parecía un río infestado de insectos. Un grupo de mujeres habían caído en el centro de la habitación como ramas partidas por el peso de un elefante. Sus cabezas, reclinadas unas en otras, se agitaban con fuertes sacudidas.

Donde antes había belleza y vida, ahora sólo se veía la parálisis y la descomposición de los cadáveres. Siddharta se arrodilló y se tapó los ojos con las manos: ya había visto bastante, no quería que la fuerza de su mirada penetrase en las almas de esas inocentes hasta descomponer también sus huesos, no quería reducirlas a cenizas como cuerpos entregados a las llamas en las piras de purificación. El acto de piedad del joven príncipe, que controló su poder, salvaría la vida a esas mujeres, que al amanecer se despertarían y seguramente reanudarían sus bailes, sin sospechar que llevaban la muerte en su interior. La muerte que Siddharta había visto, oculta tras su belleza, le hizo recaer en la melancolía.

En la oscuridad de esa noche Siddharta sabía lo que buscarían sus ojos a partir de entonces. Sintió una necesidad perentoria de hablar con el misterioso caminante que Chanda había conocido en el bosque. Se propuso enviar a Chanda en busca del asceta Arada.

La torre perfecta

La espera había sido larga, pero por fin había llegado.

—Chanda, dime, ¿le has encontrado?

El palafrenero, ruborizado, miró al príncipe con ojos que lo decían todo: la misión había fracasado.

—Príncipe, he explorado todos los contornos de Kapilavastu. He recorrido todos los caminos, he mirado en todas las cuevas, he preguntado a todos los peregrinos. Nada, no hay modo de encontrar a Arada. Hice mal en no sonsacarle todo lo que sabía cuando estuve con él. Porque lo que se dice saber, era mucho lo que sabía.

Siddharta sonrió al oír esas palabras mientras caminaba a lo largo de las fachadas de los patios, cortadas por las sombras de la tarde. Dobló la esquina que daba acceso a un patio circular.

—¿Me buscabas, príncipe?

El hombre era muy viejo, y pese a la increíble delgadez de su cuerpo tenía una figura imponente. Parecía capaz de pelear con cualquiera si hacía falta, y al mismo tiempo daba la impresión de que desde hacía años no necesitaba tocar los objetos para moverlos.

—Arada, apareces ante mí como si salieras de una nube. ¿Eres un mago?

—Mis poderes son escasos, pero se refuerzan cuando estoy delante de algo mucho más importante que mi vida.

—Te necesito, asceta. Estoy trastornado por una visión que he tenido. Esta noche he caminado entre las muchachas más bonitas del palacio, que yacían en el suelo, dormidas. Pero mis ojos sólo veían cadáveres, un espantoso cementerio. La realidad se iluminó ante mí. Siento la necesidad de dejarlo todo. Tú, Arada, que al parecer sabes qué sucederá en mi vida, dime si me ha llegado el momento de partir. ¿Por qué tengo que dejarlo todo? Ahora que me siento tan extraño, distinto de los que me rodean...

—No seas impaciente, príncipe. Tu percepción del mundo es más aguda, pero ésa sólo es una parte de tu transformación. Tu lugar sigue estando aquí, en este recinto.

—Pero tengo un recuerdo que me atormenta... no sé. Es como si el bosque me llamase y hubiera alguien allí esperándome. Un ser en peligro, un rostro bellísimo, un reproche... Estoy confuso. Sólo sé que debo ir —añadió Siddharta, impaciente.

—Príncipe, escucha esta historia y juzga tú mismo.

Arada comenzó su relato mirando a Siddharta a los ojos.

—Un poderoso soberano que sentía pasión por las torres quiso engrandecer su reino y dar a sus súbditos un monumento de extraordinario valor. Para ello decidió erigir la torre más alta de todos los tiempos. Llamó a los constructores más célebres de su reino, pero ninguno se prestó, ninguno quiso contentarle, pues su proyecto parecía demasiado extraño y descabellado. Hasta que un buen día se presentó un hombre ante el rey y le dijo: «Yo solo construiré para ti la altísima torre, pero necesito diez años de plazo y una generosa retribución». El rey aceptó, colmó al hombre de riquezas y éste desapareció sin que volviera a saberse nada de él ni de la torre. Cuando se cumplieron los diez años el hombre regresó. «Llévame a la torre», le dijo el rey. El hombre miró a los ojos al poderoso y le contestó tranquilamente: «No puedo, porque la torre aún no está construida. Necesito otros diez años y otra retribución». El rey no daba crédito a lo que oía. La petición le pareció tan desorbitada como grande era su desconfianza del insólito constructor. Pero como su pasión cada vez era más ardiente y lo único que le interesaba era ver alzarse en su reino la torre más alta del mundo, decidió dar otro plazo y más riquezas al constructor. Transcurridos otros diez años, el rey fue a ver al hombre. Al encontrarle sentado e inmóvil en medio de una explanada, el soberano se puso furioso. «¿Dónde está la torre? Aquí sólo veo tierra yerma. ¡Eres un impostor, me has engañado! Ay de mí, he malgastado veinte años de vida y la tercera parte de mis riquezas, no tardaré en morir sin haber visto la ansiada torre, el único deseo que tengo.» El hombre se levantó y se dirigió al poderoso rey: «Señor, es verdad, aún no he hecho nada. Pero no te enfurezcas conmigo, concédeme un último favor y tendrás tu torre». Le pidió al rey que se quedara esa noche con él, que durmiera en la tierra yerma, y a la mañana siguiente en esa explanada se alzaría la torre. «¿No has movido ni una sola piedra durante veinte largos años, y quieres hacerme creer que en una sola noche vas a construir la torre? ¿Por quién me has tomado?» El rey, furioso, decidió no obstante concederle esa última oportunidad al hombre, pero esta vez juró que si no quedaba contento le cortaría la cabeza.

»El soberano se acostó en el lecho que le señaló el hombre para pasar la noche, y se quedó dormido en medio de la maleza. Al despertar se frotó los ojos con estupor: le parecía estar volando. Miró hacia abajo y sintió vértigo. Estaba en la cima de la torre más alta jamás construida.

—¿Te ha gustado la historia? —le preguntó Arada a Siddharta al terminar el cuento.

El príncipe asintió.

—Como habrás entendido, Siddharta, hay decisiones que requieren una preparación muy larga, pero necesaria. El constructor, para realizar su gran obra, vivió serenamente, sin ninguna prisa por llegar a la meta, sabiendo que en su interior estaba preparando, momento a momento, esa noche especial y única en que en un instante, piedra sobre piedra, podría construir la torre a la perfección. Pues bien, para ti ir al bosque es como haber construido esa torre. Ésta es la historia de Siddharta que sale del palacio.

—Entiendo, maestro. Debo superar otra prueba.

—Sí. Debes tomar mujer, fundar una familia. Como hacen todos los hombres, tú también tienes que saber lo que significa ser padre y amar a tu hijo.

Siddharta quedó impresionado por la verdad de las palabras de la asceta, y una sombra pasó por su cara.

—Pero si tengo un heredero varón me veré obligado a quedarme, porque en virtud de la ley del *dharma* me convertiría automáticamente en heredero del reino.

—Tu hijo será varón, no privarás a tu reino de un heredero, y por ese mismo motivo serás libre de partir.

—¿Cómo podré abandonar a mi familia? ¡Sería muy doloroso!

—Tendrás que hacerlo, Siddharta. La esposa que elijas estará a tu lado, ella comprenderá el motivo de tu abandono.

—¿Tendrá esa mujer tanta entereza de ánimo como para soportar el abandono de un marido al que acaba de dar un hijo?

—Fíate de lo que lees claramente en tu interior, Siddharta. No te pierdas en preguntas inútiles.

Antes de marcharse, Arada sacó dos trapos de su alforja. Miró intensamente a Siddharta y se vendó los pies. Siddharta no había visto nunca unas llagas tan graves.

En la selva

Devadatta llegó al lugar de la cita al caer la noche. La luna, que acababa de salir por oriente, aparecía completamente llena, rodeada de resplandores rosados que iban y venían por las frondosas copas de los árboles. Tal como estaba previsto encontró esperándolo un *gonga*, la tosca y robusta canoa excavada en un tronco, varada en la orilla del canal, en el lindero de la selva. Alguien había sacado de la chumacera el único remo y lo había apoyado en la proa, de modo que sobresalía de la embarcación. Unas gotas que se escurrían del extremo de la pala caían rítmicamente en la superficie negra y quieta del agua, formando círculos concéntricos que se ensanchaban hasta llegar a la otra orilla, donde esperaba, de pie, su padre el rajá Dronodana.

—Sube al *gonga* y ven hasta aquí. Nuestro viaje acaba de empezar. Siguiendo la corriente nos adentraremos en estas tierras salvajes donde la vegetación se espesa tanto que no ves nada a la distancia de un brazo. El lugar que quiero enseñarte se encuentra justo en el corazón de la jungla.

Devadatta hizo lo que le ordenaban y comenzó a remar, despacio y en silencio. Las plácidas aguas del canal apenas oponían resistencia a la navegación. El movimiento monótono de los brazos que levantaban y bajaban el remo no requería el menor esfuerzo. Mientras la barca avanzaba, los ojos atentos del remero escudriñaban con inquietud la línea oscura donde la vegetación parecía impenetrable. Más allá de los bambúes y los matorrales espinosos que crecían junto a la orilla invadiendo gran parte del canal, el cielo nocturno desapareció y fue sustituido por un techo de bejucos y follaje de reflejos violáceos. El color del agua se volvió aún más negro, sus vapores fosforosos se condensaban envolviendo a la vegetación en la niebla. Con la visibilidad reducida al mínimo, el oído se agudizaba y parecía que los ruidos se multiplicaban. Eran murmullos incesantes de animales que llegaban de todas direcciones. El inquietante roce de su paso por la hierba alta y cortante se acercaba cada vez más, parecía que se desplazaban siguiendo el avance del *gonga* por el bosque.

—Padre, no veo nada, no sé hacia dónde me dirijo. Podemos chocar contra la orilla y acabar como pasto de los buitres.

—No temas, sigue remando, la dirección es obligatoria, no eres tú quien la elige, este pantano embrujado nos llevará a nuestro destino antes de lo que te imaginas.

En el ánimo de Devadatta cundió una sensación de desasosiego y temor que no se debía a la hostilidad del lugar, sino a la sorpresa de hallarse ante un rostro hasta ese momento desconocido de su padre. Dominado por fuerzas oscuras y sobrenaturales, el rajá guiaba a su hijo hacia las profundidades de un mundo misterioso.

El viaje duró poco más de una hora. El *gonga*, después de recorrer la angostura del canal que fluía a duras penas por la jungla surcando la maleza, desembocó en un amplio pantano despejado de bejucos trepadores, y pudieron alzar de nuevo la mirada hacia el cielo y ver el disco de la luna.

—Nos detenemos aquí. Arrímate a la orilla, dejaremos la barca y seguiremos a pie.

—¿Cómo vamos a adentrarnos en la jungla sin tener ni siquiera una espada? Haría falta un ejército entero armado de sables y puñales afilados para abrirse paso —dijo Devadatta, preocupado.

—Para entrar en el Templo de los Pequeños Sacerdotes de Mara no se necesitan sables ni puñales.

—¿Qué quieres decir?

—Digo que deberás limitarte a seguirme. Pon la proa en dirección a ese baniano que está a tu izquierda; atracaremos allí, partiremos desde allí.

Devadatta echó una ojeada al árbol que le había señalado su padre y lo vio en todo su esplendor, como si por primera vez se percatara de la formidable belleza y unicidad de esa planta. El baniano era un árbol sagrado, no crecía de la tierra sino desde arriba. Sus semillas rojas caían transportadas por el viento y prendían en los troncos y las copas de otros árboles. Sus predilectas eran las palmeras boraso, de hojas muy anchas. Allí, desde la planta que los acogía, los vástagos de baniano empezaban a crecer muy deprisa prolongando unas raíces aéreas como tentáculos. Algunas de ellas, al llegar al suelo, se robustecían hasta formar verdaderos troncos arraigados en la tierra. Así, el baniano revelaba su naturaleza vigorosa y fascinante, la del más misterioso y audaz de los árboles.

—Haces bien en observar con tanta atención el baniano. Pronto entenderás la importancia de este árbol y ya no olvidarás nunca su secreto —dijo Dronodana con tono siniestro.

Para Devadatta esa excursión nocturna tan esperada en compañía de su padre Dronodana estaba resultando tan inquietante y absurda que parecía irreal. Era como vivir dentro de un sueño: la vegetación, el agua, la tierra y los ruidos de las fieras parecían ilusorios, sin vida y como atrapados en una gigantesca burbuja donde hasta el tiempo se había detenido. Devadatta no podría decir si su bogar y sus pasos le hacían avanzar realmente por el espacio. ¡De modo que ése era su padre! Los poderes de Dronodana sólo podían ser los de un poderoso brujo iniciado en la magia negra. Estos poderes que otorgaban el dominio sobre el mundo de las tinieblas descendían del rostro destructor de Siva en alianza con el omnipotente dios Mara, el que en una mano blande la espada del exterminio y en la otra una cabeza humana.

En ese estado de estupor y extrañamiento, Devadatta consiguió a pesar de todo conservar una chispa de lucidez: tenía que descubrir lo que había pasado con el pequeño Svasti, el hijo de Narayani raptado por orden de Dronodana. Si la suerte de Svasti dependía de fuerzas oscuras que procedían directamente de los dioses, ¿qué misterioso motivo se escondía detrás de su rapto? Devadatta, cada vez más confuso, seguía haciéndose preguntas: ¿por qué un niño que apenas tenía tres años, la edad de Svasti cuando fue raptado, se encontraba en unos lugares sagrados para la suprema díada de Mara y Siva?

Con sus dudas aumentaban sus temores. Cuanto más se obstinaba su padre en su silencio, tanto más desconfiaba Devadatta, más apremiante era su necesidad de obtener una explicación. La quería ya, enseguida. Pero antes de que le diera tiempo a formular la primera pregunta el estupor le hizo abrir la boca de par en par.

En cuanto puso pie a tierra, la que al principio sólo era una vaga impresión oculta en el fondo de su corazón se hizo súbitamente realidad. Devadatta nunca había visto un espectáculo tan extraordinario. Ya no atravesaba la misma selva que antes, la dimensión de los árboles había cambiado, su tamaño se había decuplicado. Los troncos gigantescos, las ramas que se prolongaban hasta donde alcanzaba la vista, las diminutas flores blancas de la musenda convertidas en blancos abanicos crecían en un espacio colosal, donde Devadatta tenía la impresión de ser tan pequeño como los insectos, y percibía, como ellos, la inmensidad de unas distancias que a los hombres les parecen modestas. Allí donde antes a duras penas se podría meter un brazo, ahora podría pasar fácilmente la trompa de un elefante. Ya no había obstáculos en el camino.

—Padre, este lugar es asombroso. Es todo tan grande que me parece que estoy atravesando los espacios infinitos del universo. ¿Qué extraño prodigio ha hecho posible esta transformación de la naturaleza?

»Padre, rajá Dronodana, ¿quién eres tú realmente?

El rostro del hombre al que iba dirigida la pregunta se iluminó de pronto, y el rajá soltó una sonora carcajada que retumbó como un trueno en el inmenso espacio de la selva.

Los pequeños sacerdotes

—Vaya, Devadatta, por fin te has decidido a conocer la verdad sobre mí. Ya no te basta con saber que soy tu padre —susurró el rajá Dronodana—. La sorpresa recompensará las fatigas del viaje. ¡Ven!

Los dos caminaron codo con codo por el bosque de banianos, que parecía ilimitado. A medida que avanzaban el paisaje seguía transformándose. El cambio más evidente era la desaparición gradual de todas las especies de plantas o árboles que no fueran los sagrados banianos. Las iridiscencias de la luna, alta ya en el cielo, iluminaban un suelo cada vez más desnudo, y permitían ver con nitidez las formas que aparecían ante los ojos.

Cuando llegó a la linde del enorme calvero que se abría justo en el centro de la jungla, donde los rayos de la luna eran tan blancos y luminosos que no parecía noche cerrada, Devadatta comprendió que lo que estaba viendo no era fruto de una alucinación, sino algo sumamente real y concreto. En el centro del calvero se alzaba un monumento altísimo con forma de montaña, pero en lugar de roca lo que brillaba era oro purísimo. Las paredes eran empinadas e irregulares como largas escalinatas flanqueadas de esculturas y otros adornos. Devadatta no podía apartar la mirada; lo que más le impresionó fueron las estatuas recubiertas de bronce. Éstas, no más de diez, se erguían en los pisos inferiores del gigantesco monumento, alrededor de la base. Representaban figuras humanas, pero eran de dimensiones reducidas, no como las que se ven en los templos. A él le llegarían a los hombros. Las estatuas eran tan perfectas que parecían vivas.

Alrededor, plantados en la tierra, los troncos de los banianos formaban un corro, una suerte de cercado natural, dorado como una corona, que rodeaba la montaña.

Dronodana le indicó por señas a Devadatta que avanzara detrás de él, caminando despacio con las manos juntas a la altura del pecho, y que guardara silencio. Estaban a escasa distancia del recinto de troncos, y al acercarse Devadatta vio que unas sombras se movían al otro lado de la barrera. En la perfección y la inmovilidad del lugar, donde reinaba la quietud y la muerte, ese temblor de sombras daba miedo. ¿Quién podía vivir allí dentro?

En el aire empezó a vibrar un sonido bajo y profundo, de procedencia desconocida, parecido al que emite el cuerno de carnero. Como si respondieran a esa llamada, las extrañas sombras animadas empezaron a salir de una en una y, pasando entre los banianos, acudieron a dar la bienvenida a los dos visitantes. Las figuras, completamente vestidas de blanco, se inclinaron a los pies del rajá Dronodana y permanecieron inmóviles en esa posición de saludo. Eran niños; el mayor no tendría más de diez años. El sonido grave del cuerno cesó de pronto, y el silencio fue interrumpido por las palabras del padre:

—Devadatta, ya hemos llegado al Templo de los Pequeños Sacerdotes de Mara, erigido en mi honor a la sombra de los banianos sagrados. Cuando comprendas quiénes son estas criaturas y qué suerte les espera, sabrás quién soy yo, quién es realmente tu padre.

Todos los niños levantaron la cabeza a un tiempo. No se parecían nada entre sí, pero tenían en común la extraordinaria perfección y la rara belleza de sus facciones. Con la mirada ausente y como absorta en una perenne oración, el mayor se separó de los demás y les ordenó que formaran dos filas a ambos lados de los visitantes. Escoltados por los niños, Dronodana y Devadatta cruzaron el recinto de los troncos, pasaron por una ancha abertura en arco que el hijo del rajá no había visto antes, por lo que le pareció surgida de la nada. Al otro lado ardía un círculo de fuego. El niño que les guiaba indicó a Devadatta que se sentara frente a las llamas. Dronodana se quedó de pie, llamó al niño y le estrechó la mano izquierda entre las suyas. Después de murmurar un *mantra*, le puso las manos en los hombros y le hizo dar varias vueltas. Terminado el ritual, que recordaba al que hacían los padres con sus hijos recién nacidos, hizo que mirara la luna.

—¿A quién pertenece tu espíritu, niño? ¿De quién eres sacerdote?

—Mi ser pertenece a Mara en el cielo y a Dronodana en la tierra. Como la planta que alberga al sagrado árbol baniano, que unas veces adquiere más vigor y otras lo pierde del todo, ahogada por los numerosos troncos, mi cuerpo también está listo para recibir la vida y la muerte de mis dos eternos soberanos.

—¿Así pues, estás dispuesto a morir por mí?

—Lo estoy.

—Que la bendición de Mara sea contigo, y tu *karma* te dé vida eterna en el círculo más alto del *samsara*.

Dronodana dejó caer la mano derecha del niño, le tocó el corazón y luego lo arrastró hasta la hoguera y le hizo dar tres vueltas alrededor, hacia la derecha.

Repitió la ceremonia con cada uno de los niños hasta llegar al más pequeño, de ojos vivarachos y negros.

—Ven, pequeño, te he traído a alguien que arde en deseos de conocerte —dijo Dronodana, mientras le llevaba en presencia de Devadatta.

—Mira, hijo, este es Svasti. Es un pequeño sacerdote, uno de los más sanos y fuertes. Ha sido elegido para el gran día del sacrificio.

—¿Qué sacrificio? —preguntó Devadatta sin apartar la mirada del lindo rostro del niño, en el que reconoció la sonrisa de su madre, la hermosa Narayani.

—¿Aún no has entendido cuál es el misterio de este santuario? Yo soy el sumo pontífice de Mara, mi reino está destinado a la eternidad, así como mi vida. Para lograr en la tierra mi victoria sobre la muerte y alcanzar la eternidad, haciendo realidad el deseo supremo de todos los hombres, he hecho construir este santuario. Las vidas de los niños que estás viendo están dedicadas por completo a este fin; con su muerte me dan a mí vida y juventud.

Un destello de locura brilló en los ojos de Dronodana.

—Entonces, ¿Svasti está destinado a morir? ¿Cuándo sucederá?

—Es uno de los iniciados elegidos para darme diez años de vida. El sacrificio se hará cuando cumpla cinco años. Dentro de dos lunas Svasti beberá el veneno. Su joven cuerpo será momificado y colocado en la montaña, junto con las otras diez estatuas cubiertas de bronce.

—¿Esas esculturas tan perfectas son cadáveres de niños?

—Son lo que queda de sus despojos. Su alma y su vitalidad corren ahora por mi sangre.

Dronodana tocó el corazón del niño y siguió diciéndole a Devadatta:

—Ya te he revelado dónde se esconde el pequeño Svasti, y más cosas. Como ves, no debes temer por tu derecho sucesorio. También tú, Devadatta, serás más poderoso de lo que puedes imaginar, te apoderarás de las mismas fuerzas misteriosas del pensamiento cuya fortaleza es nuestro reino y cuyo omnipotente defensor es Mara. Los signos del destino nos son propicios, la rueda de la vida y la muerte aún está en nuestro poder. Siddharta ha sufrido una derrota de la que difícilmente se podrá recuperar. Desde el día del nacimiento de Svasti se han sucedido los buenos auspicios. Las órdenes del dios Mara se han cumplido. Mara está satisfecho de mi proceder. Nunca pensé que sus favores llegaran tan pronto: dentro de unos días, al comienzo de la primavera, el príncipe Siddharta tomará esposa y se verá obligado a jurar fidelidad a su reino, un compromiso que le vinculará para siempre a Kapilavastu, de cuyo perímetro ya no podrá salir para llevar su mensaje de liberación a los hombres. La palabra del Buda, que aún no conocemos pero ya tenemos razones para temer, no amenazará nuestro reino.

Svasti se alejó de Dronodana, repitió él solo, como un pequeño autómata, las tres vueltas al círculo del fuego ritual, y luego se unió a los demás sacerdotes de Mara que, a esas horas de la noche, se habían acostado en sus yacijas, unos sacos colgados de las raíces aéreas de los banianos, y ya estaban dormidos. Devadatta le siguió con la mirada mientras trepaba por los troncos y siguió mirándole hasta que se quedó dormido. No le cabía en la cabeza que esa joven vida fuese tan importante para la inmortalidad de su padre Dronodana. ¡Su padre estaba loco! Dronodana, interpretando mal la mirada espantada de su hijo, dijo con entusiasmo:

—¡Bebamos! ¡Bebamos toda la noche por la juventud eterna!

Transcurrieron varias horas de desesperación. Devadatta tenía que hacer algo a toda costa. ¿Cómo iba a conquistar el corazón de Narayani si no conseguía llevarse a Svasti? Pero ¿cómo podía huir de allí con el niño sin enfrentarse a su padre? El terror y la preocupación le mantuvieron despierto, mientras su padre, después de beber a grandes tragos un cántaro tras otro, cayó en la inconsciencia.

«¡Ahora!», se dijo Devadatta. «Éste es el momento.»

Con las piernas algo flojas por el exceso de vino de palma, se aseguró de que su padre estaba dormido. Después se dirigió

189

a los troncos donde se había retirado Svasti. El pequeño estaba sumido en un sueño profundo. Devadatta, sin pensar en las consecuencias se su acto, se lo echó a la espalda y caminó hacia el *gonga*, amarrado a cien pasos del santuario. ¿Qué le importaba que su padre le acusara de traición? ¡Estaba loco de atar! Mira que beber sangre para mantenerse joven… Con Svasti en su poder, su vida cambiaría. Narayani les abrazaría a ambos, al niño y a él, y huirían juntos más allá de las cuevas de Meru. Primero pasaría por el palacio para coger su caja de caudales, y luego iría a ver a Narayani…

Devadatta depositó con delicadeza a Svasti en el fondo del *gonga*, separó la embarcación de la orilla, y se disponía a impulsarla cuando se dio cuenta de que algo se movía donde había dejado a su padre borracho. Sería una serpiente. Era mejor que lo comprobara. Se acercó con cautela. Su padre roncaba, inmóvil. No había ningún animal. Suspiró. Volvió enseguida sobre sus pasos. ¡Demonios! ¡Maldición! El *gonga*. La corriente había arrastrado la canoa. ¡Nooo! ¡Dentro estaba Svasti dormido! ¡No! ¡En medio de esa niebla no se distinguía nada! ¿Qué podía hacer? El pánico se apoderó de Devadatta. Se dio la vuelta, desesperado. Infinidad de ojos le miraban sin verle. Los ojos de los niños sacerdotes, indiferentes, crueles, vacíos. Luego llegó la primera dentellada. Devadatta, incrédulo, perdió el conocimiento.

La mirada de Narayani

La noticia se había propagado por todo el reino, los heraldos del rey Suddhodana habían recorrido enormes distancias y habían visitado las aldeas más recónditas para anunciar los festejos que próximamente se celebrarían en la capital de los sakya, Kapilavastu, con motivo de las bodas del príncipe Siddharta. La alegría cundió por doquier, los habitantes del reino preparaban enormes cestas de guirnaldas y pétalos de flores para cubrir las grandes alamedas y los patios, en señal de bienvenida y júbilo, para recibir a la joven esposa y a su numeroso séquito que ya habían partido de la lejana ciudad de Ramagama.

—Se llama Yasodhara, y al parecer es bella como Padma y dulce como miel recién recogida.

—El príncipe Siddharta la ha preferido a todas las muchachas del reino, la ha elegido como la mujer más virtuosa de todas.

—Si Yasodhara le hubiera rechazado, nuestro príncipe no habría querido casarse con nadie más.

La gente se alegraba, y en boca de todos había palabras de asombro por ese matrimonio que sellaba un amor puro, por encima de los convencionalismos.

—¿Cómo no iba a contentar a mi adorado hijo Siddharta ahora que ha decidido darme la mayor alegría que podía dar a su padre y a su reino? Mandaré que construyan para él y su joven esposa no uno, sino tres palacios, uno para el invierno, otro para la primavera y otro para la estación de las lluvias, pues su amor no tiene igual.

Así hablaba el rey Suddhodana, radiante de felicidad al lado de su esposa Pajapati, que no olvidaba dedicarle una oración a su hermana Maya, la verdadera madre de Siddharta. Ella también presenciaría la boda desde el cielo de los Bienaventurados, y bendeciría su unión.

Mientras las doncellas le uncían el cuerpo y lo perfumaban con fragancias delicadas, Siddharta no dejaba de pensar en el momento en que volvería a ver, después de tanto tiempo, la mirada pura y transparente de Yasodhara; inmediatamente, sin decir palabra, se comprenderían. «La distancia entre nosotros quedará anulada para siempre, por eso ya no tendremos miedo de separarnos. Esperaremos ese día, el día de la despedida, con ánimo sereno y dichoso, porque será entonces cuando más nos respetaremos. Cuando me vaya de tu lado, Yasodhara, las tristezas volarán como arena en el viento.» Estas y otras palabras dedicaba Siddharta a su futura esposa, jurándole respeto y reconocimiento desde el fondo de su corazón.

Cuando estuvo listo y le dejaron solo en su aposento, después de asegurarse de que las doncellas se habían marchado para no disgustarlas, pues se habían esmerado mucho engalanándole, Siddharta se quitó todas las joyas, la corona, los collares, los anillos, los pendientes, convencido de que Yasodhara tampoco las llevaría. En la frente, entre los ojos, se dejó un punto dorado, la señal del matrimonio, el tercer ojo de Siddharta, al que ahora llamaba en secreto ojo del mundo, pues le permitía ver cosas que no veían los demás.

—Príncipe, príncipe, Yasodhara ha entrado en la ciudad a lomos del gran elefante blanco. La novia será recibida primero por el rey y la reina y luego se dirigirá al pabellón nupcial. Se acerca la hora, hay que darse prisa.

El chambelán, excitado, corría por los pasillos del suntuoso palacio de los sakya adornado para la fiesta con colgaduras blancas, alfombras ocres y objetos de plata recién lustrada, que relucían sobre las mesas. El maestro de ceremonias ordenó a los criados que se preparasen para la salida del príncipe, repasó con los familiares el rígido protocolo del ceremonial que atribuía a cada cual una función y una colocación en el cortejo, y le recordó al propio Siddharta que debía llegar antes que la novia al pabellón nupcial.

Era el octavo día de la primavera, como había deseado Yasodhara, y los jardines estaban floridos, en los estanques se habían abierto los pétalos del loto blanco, del rosa y del azul, el aire olía a fruta y en los campos los arados, recién consagrados para el inicio del nuevo ciclo agreste, descansarían tres días, porque los campesinos, como todos los habitantes de Kapilavastu, también se unirían al gentío que aclamaría el paso de los novios reales.

Cuando Siddharta apareció en lo alto de la escalinata del palacio, con el rey Suddhodana a su derecha, la reina Pajapati a su izquierda y su hermano menor Nanda —que ya era un muchacho afable y juicioso— detrás de él, la multitud de ciudadanos y cortesanos, que llenaba desde horas atrás la galería del palacio, estalló en vítores, cánticos y redobles de tambores. A partir de entonces todos los ojos estarían puestos en él, en su hermoso y amado príncipe; le seguirían lanzando flores a su paso y agitando abanicos y sedas irisadas.

El cortejo avanzó con aire festivo y solemne hasta el pabellón nupcial, donde Siddharta subió solo hasta el altar del fuego sagrado mientras los invitados se hacinaban alrededor dejando un paso para que entrara la novia. En las primeras filas, con sus mejores vestidos y peinados, estaban los nobles, los miembros de las castas de guerreros, *ksatrya*, y de los brahmanes. No faltaba un solo invitado, y entre ellos destacaban las largas espadas de ceremonia del rajá Dronodana, hermano de Suddhodana, y su hijo Devadatta.

Yasodhara llegó seguida de sus padres, Dandapani y Pamita, y de unos músicos que ejecutaban aires de buen augurio. Rodeada de muchachas bonitas y sonrientes que sembraban pétalos rojos y amarillos a su paso, la novia subió los escalones del altar por el lado sur, opuesto a aquel por donde había subido Siddharta. Las caras de los novios, sentados en la alfombra del altar, miraban a oriente. Aún no habían cruzado una mirada, aunque Yasodhara, en contra de la tradición, no había querido ponerse velo.

El momento tan esperado estaba a punto de llegar. Los oficiantes, siguiendo las instrucciones del brahmán Asita, que dirigía el ceremonial religioso, con su larga barba blanca sobre la túnica de seda amarilla, comprobaron una vez más que tenían todo lo necesario: al oeste de la hoguera la piedra de molino y el tamiz con granos de trigo tostado; al noreste la jarra de agua y la bebida tradicional de miel, arroz y hierbas; más allá, la leña para la hoguera.

Dandapani, padre de la novia, se acercó a su hija y de pie, a su lado, le impuso la espada ritual sobre la cabeza, le tocó tres veces la frente, luego se acercó al pretendiente y después de hacer una inclinación le vertió en las manos un poco de agua, símbolo del don que le hacía al concederle la mano de su hija. Los presentes observaban en profundo silencio, seguían atentamente y con gran emoción el desarrollo de la ceremonia, cuya pompa no menoscababa la noble sencillez y la luminosa pureza de los novios. En un rincón, con el cabello recogido en una trenza y la cabeza cubierta con un velo negro, vistiendo un largo sari de seda que resaltaba la elegancia natural de su porte altivo, Narayani no dejaba de examinar la multitud, manteniéndose apartada. Ni siquiera sabía por qué estaba allí. Después de la humillación sufrida en los Siete Búhos el dolor se había apoderado de ella. Estaba segura de que ya no volvería a ver a su adorado Svasti. Ni siquiera el mentiroso Devadatta sabía quién lo había raptado, ni por qué. Alardeaba de que sabía algo, pero su impotencia en la taberna había convencido a Narayani de lo contrario. Svasti había desaparecido y nadie podía ayudarla. Pero a pesar de su abatimiento Narayani quiso asistir a la boda para ver el rostro del novio, el príncipe.

Cuando a través del gentío consiguió ver el rostro luminoso de Siddharta, una vez más se quedó deslumbrada y sin poder evitarlo juntó las manos a la altura del pecho, donde sintió que el corazón se le desbocaba. Siddharta, además de aparecer más hermoso que nunca, le recordaba algo. ¿Qué? De pronto, a pesar de los mil reclamos que le distraían, la mirada del príncipe se cruzó con la de la mujer, y se fijó en ella. La reconoció aunque no la conociera, y Narayani le vio desnudo, en un jardín de cristal, prometiendo ayudarla… Un sentimiento ciego la embargó. ¡Ese hombre tenía que estar con ella, tenía que ayudarla! ¡Era el hombre del sueño! ¡Se habían hecho una promesa! Pero en ese momento la solemne palabra era pronunciada por Siddharta para sellar el vínculo del matrimonio. Narayani se sintió perdida, humillada. El príncipe ya pertenecía a otra vida…

Su padre Suddhodana, su suegro Dandapani y el brahmán Asita se turnaron para hacer las libaciones de mantequilla y arroz en el fuego nupcial. El gentío, que había respetado en silencio la solemnidad de la ceremonia, volvió a vitorear a los novios y a invocar sus nombres junto con los de Brahma, Visnú y Siva.

Y entonces Narayani, a pesar de su dolor de madre, experimentó la violencia de un sufrimiento nuevo. Estaba celosa. Sufría viendo a Siddharta entre esa gente, inalcanzable. Le parecía insoportable ese instante imperceptible en que el príncipe había apartado la mirada para dirigirla a otro lado. «Siddharta es el hombre de mi sueño», gritaba en su interior Narayani, trastornada. «¡Es mío! ¡Mío!»

—Nuestros caminos vuelven a cruzarse, bella Narayani. ¿Qué te ocurre? Pareces alterada. ¿Qué es lo que te turba así?

195

Ante la atónita Narayani había aparecido Devadatta. Su vestido era tan suntuoso como irreconocible su rostro tumefacto. Como si le hubieran mordido.

—Tienes una cara horrible —fue lo primero que se le ocurrió decir a Narayani.

—Me atacaron unos murciélagos vampiros —mintió Devadatta—. Narayani, ¿no temes que mi padre, te encuentre, te reconozca y te capture?

—No podría hacerlo si yo fuese tu mujer —fue la extraña respuesta de Narayani. Su mirada se convirtió en hielo.

—¿Qué estás diciendo? —farfulló el joven, contrayendo su cara hinchada en una mueca—. Tú no eres mi mujer.

—Llévame a la Ciudad de las Serpientes, Devadatta. Conviérteme en reina.

La ciudad verdadera

La noticia de que Siddharta saldría con la carroza real para visitar los barrios de la ciudad hasta llegar a las afueras de Kapilavastu, junto a las murallas que rodeaban la capital, se hizo oficial a la mañana siguiente. El rey Suddhodana la recibió con gran entusiasmo. La decisión de su hijo de mostrarse en público antes del nacimiento del heredero hacía honor al reino.

El rey dispuso que se barrieran y limpiaran las piedras de todas las avenidas y callejones, que se embellecieran los jardines y se invitara a los súbditos, y sobre todo a las amas de casa, a esparcir polvo rosa a la entrada de las casas y colgar en las puertas coronas y guirnaldas de flores recién cortadas.

En pocas horas Kapilavastu se llenó de adornos de fiesta para aclamar al príncipe a su paso. El soberano Suddhodana les pidió un último detalle a sus súbditos antes de que saliera la carroza real: como medida excepcional, el rey enviaría guardias para que no dejaran salir a la calle a los viejos, los enfermos, los ciegos y los tullidos, para que no se celebrasen funerales ni se quemasen cadáveres. Los hombres y mujeres que tuvieran esas desgracias deberían permanecer encerrados en sus casas, las duras verdades de sus vidas debían quedar ocultas. La singular orden del soberano fue respetada, incluso se consideró acertada para los intereses del reino: esas tristes apariciones serían un mal augurio para el nacimiento del nuevo heredero. En realidad por quien estaba preocupado Suddhodana era por el propio Siddharta. Esa mañana, cuando el príncipe se presentó ante él para manifestarle su deseo de visitar la ciudad, el soberano notó que la mirada de su hijo era más decidida e intensa de lo habitual. Era la expresión de alguien que no estaba dispuesto a componendas. Suddhodana conocía demasiado bien el alma sensible de su hijo, y recordaba el día en que Siddharta le había recibido después de la batalla y se había quedado impresionado por su herida.

—¡Qué ambiente más festivo y apacible hay en nuestra ciudad! ¡Qué contentos están los súbditos en esta estación! ¿No crees, Chanda, que es bueno para el espíritu mirar sus caras sonrientes?

—¡Ya lo creo, Siddharta, nunca he visto Kapilavastu tan bonito y magnífico! Y mira cuánta gente ha salido a la calle a aclamarte —añadió el palafrenero amigo del príncipe mientras guiaba los dos bueyes blancos de grandes jorobas, en las que se apoyaba el yugo dorado del carruaje, por la avenida principal de la ciudad.

—Parece que el bienestar y la felicidad reinan por doquier; se ve a todo el mundo satisfecho y contento. Vamos, Chanda, entremos en los callejones más estrechos de Kapilavastu.

Siddharta correspondía al cariño del pueblo repartiendo monedas de oro y plata a todos los que se acercaban a la carroza, pero ellos las rechazaban al considerar que no había riqueza comparable a su luminosa sonrisa, que llegaba directamente al corazón e infundía serenidad en los ánimos. Se decía que quien viese aunque sólo fuera un instante el rostro radiante del príncipe Siddharta nunca lo olvidaría, porque le daría suerte para toda la vida.

Después de atravesar toda la ciudad, Siddharta le rogó a Chanda que detuviera la carroza frente a la entrada de una casa vigilada por un guardia real.

—¿Por qué hay un guardia apostado junto a la puerta de esta casa? ¿Qué necesidad tienen mis súbditos de semejante vigilancia?

—Estoy aquí por orden de su majestad el rey, tu padre, príncipe —contestó el guardia al momento.

—¿De quién proteges la casa?

—De tus ojos, alteza: aquí vive un súbdito al que es mejor que no veas en este día de fiesta.

—Es un día de fiesta, y como tal debería deparar alegría a todos los súbditos sin distinción. Te ruego que me dejes entrar en esta casa.

La firme petición del príncipe no podía ser desobedecida, sus órdenes valían tanto como las del rey, de modo que el soldado obedeció y le dejó entrar.

Cuando vio entrar a Siddharta, el hombre, que estaba acostado en un camastro, intentó levantarse apoyándose en su bastón, pero su cuerpo se puso a temblar, la espalda encorvada no le sostuvo y cayó al suelo. Era viejísimo, la piel arrugada de sus labios se adhería a las encías desdentadas, le lloraban los ojos. Según estaba tirado en el suelo intentó articular un saludo, pero no lo logró porque le faltó el aliento. Siddharta se inclinó sobre él y le ayudó a levantarse.

—¿Qué me dices de este hombre, Chanda?

—Es un hombre muy viejo, príncipe. Su cuerpo está abrumado por el peso de los años, quizá por eso te entristece y te espanta.

—Dices bien, delante de este hombre veo el mundo con sus ojos, añoro la juventud, tengo nostalgia de la vida al saber que pronto la abandonaré para siempre. Todos nosotros, los hombres, deseamos que la juventud sea eterna, deseamos una cosa que nunca podremos obtener, y eso nos causa un dolor perpetuo.

—Pero ¿por qué yo no siento el mismo dolor que tú cuando miro a este viejo?

—Porque tu miedo te vuelve ciego y te aleja de la verdad, la apartas instintivamente, te defiendes como hacen todos. Nada hay más humano que tu actitud, pues la vejez corrompe la memoria, la belleza y el vigor físico, sin exceptuar a nadie. Nadie la busca, nadie la quiere. Pero un día tú también, Chanda, temblarás ante la vejez.

Chanda no comprendió enseguida lo que le sucedía, pero las últimas palabras del príncipe se le clavaron en el pecho como la hoja de un puñal, y las preguntas que quería hacer a Siddharta se le agolparon en la garganta, como si no se pudiese pronunciar ninguna palabra más después de las suyas.

Cuando salió de la casa del viejo Siddharta, en vez de subir a la carroza, siguió a pie por el callejón. Entró en otra casa y quiso que también esta vez le acompañara su amigo Chanda. En el suelo de un cuarto sin muebles había una estera en la que yacía una mujer con las piernas y los brazos hinchados y enrojecidos. Por la frente se le escurrían gotas de sudor, tenía los ojos en blanco y la boca, torcida por los espasmos, no podía contener los gritos de dolor.

—¿Qué sufrimiento atroz es éste? ¿Estás viendo lo mismo que yo, Chanda?

—La enfermedad es lo que causa sufrimiento a la mujer.

—¿Hay algún hombre inmune a la enfermedad? De la enfermedad, como de la vejez, no escapa nadie. La tememos y procuramos olvidarnos de ella hasta que nos ataca o vemos sufrir a nuestros seres queridos. Si no me equivoco, Chanda, parece que la enfermedad te perturba mucho; quizá empiezas a entender, a sentir el dolor que acompaña a la vida del hombre.

—Siddharta, empiezo a tener miedo. ¿Por qué sufren tanto los hombres? ¿Serán estas desgracias un castigo de los dioses a quienes se hacen responsables de su propio mal *karma*? ¿No es justo, entonces, que los que cometen maldades sufran?

—Sea o no un castigo, eso no te interesa, pues no quita ni añade nada a la verdad: el dolor existe, y existe para todos, para los que son buenos y para los que no lo son.

Siddharta se dirigió a la puerta, se detuvo en el umbral de la mísera morada y antes de salir a la calle le dijo al guardia que le había seguido:

—Llama al médico del palacio, que no ahorre esfuerzos para sanar a esta mujer enferma. Ojalá recupere la salud.

En las calles de Kapilavastu se había hecho silencio. Era como si las verdades mencionadas por Siddharta, en vez de seguir encerradas entre las cuatro paredes de las casas que había visitado, hubieran llegado al corazón de todos los habitantes. La gente reanudó sus actividades cotidianas, unos con alegría, otros con disgusto. Las puertas de las casas se abrieron de par en par, ya nadie quería esconder a sus enfermos, viejos o tullidos para que no los viera el príncipe. Habría sido inútil, ya que él conocía mejor que ellos la existencia del dolor, esa verdad que se ocultaba detrás de cada piedra, en cada aliento, en cada átomo del universo.

Así, ante Siddharta se reveló el dolor supremo de la muerte.

A orillas del río, el plácido Rohini por donde le gustaba pasear, vio una procesión de gente que, incumpliendo la prohibición de celebrar entierros ese día, lloraba, encabezada por un hombre que balanceaba un brasero. Dos enterradores con la ropa hecha jirones en señal de luto llevaban sobre los hombros cuatro cañas de bambú unidas. Un cuerpo sin vida, inmóvil y rígido, yacía con las muñecas y los tobillos atados a las cañas. Espolvorearon de rojo el cadáver y lo subieron a la pira levantada junto al agua verde de la orilla. Después de poner la leña, encendieron fuego. Se oyeron unos chasquidos, y luego las llamas devoraron la carne. El olor a piel y grasa quemada impregnó el aire. Los huesos del muerto se quebraban, empezaron a llover cenizas blancas y grises, lo que quedaba del hijo, del hermano, del marido, del hombre que en vida había gozado, había amado y se había desesperado.

Siddharta meditó sobre la muerte y también a ella la definió como dolor para todos los hombres. Por última vez se dirigió a Chanda con estas palabras:

—Esto es lo que nos ocurrirá a todos, tanto si renacemos en la tierra o en el cielo. A cada renacimiento inevitablemente le sucede la muerte. Mientras estemos aprisionados en la rueda del *samsara*, el círculo de las vidas regido por Mara, esto es lo que nos ocurrirá a todos.

—Siddharta, ¿por qué el dolor del que hablas, esa palabra que parece inventada por ti, en vez de causarme angustia me da motivos de esperanza? ¿Por qué me siento seguro a tu lado?

—Porque desde este preciso momento ha comenzado mi camino, el que llevará a la liberación. Ahora me siento más fuerte. Sé cuál es la dirección que estaba buscando. Hoy soy como un médico que declara la existencia de la enfermedad: sólo así podrá buscar la causa, descubrir el modo de sanarla y proponer un tratamiento. La existencia del dolor es la primera de las verdades que iré descubriendo a lo largo de mi camino.

»Y ahora, antes de regresar al palacio, deja que llore delante de este río cuyas aguas fluyen lentamente. Siento que por mi cara se deslizan cálidas lágrimas, lloro por el viejo, por la enferma, por el muerto, no tengo motivos para contener la tristeza. También en la tristeza buscaré el sosiego, sólo entonces mi sonrisa será verdaderamente limpia y eterna, y útil para los hombres. Vamos, regresemos al palacio. Quizá en este momento, mientras veía cómo se quemaba la negra calavera del hombre en la pira, haya nacido mi hijo.

TERCERA PARTE

Los reclusos

Varios años después...

Habían pasado varios años y ningún suceso importante había alterado el curso de los acontecimientos, ni guerras ni epidemias. Pero en Nagadvipa, la Ciudad de las Serpientes, encastillada en los peñascos, había más muertos que vivos. Por absurdo que pareciera, había buenas razones para creer que la suerte de los segundos, los que se habían librado de los mortíferos anillos de Mara, era más una desgracia que una suerte.

En la Torre de la Cobra, la altura más vertiginosa del palacio, Narayani llamaba a las doncellas ordenándoles que pusieran más cadenas y cortinajes más pesados en los ajimeces que daban al foso seco que rodeaba los muros y a la ciudad desierta. La obsesión de la mujer por no dejar que entrara ni un soplo de aire en sus aposentos duró todo el día. De nada sirvieron los temores de las doncellas que, tímidamente, trataban de hacerle notar que de todos modos olía a podrido. Narayani insistía, en medio de escenas de histeria, hasta que las fuerzas la abandonaban. Entonces se desplomaba, agotada, en los almohadones raídos, y en esa postura desmadejada, impropia de una mujer tan garbosa, miraba fija e inexpresivamente al suelo, donde seguía la carrera de un ratón o una cucaracha.

—¿Qué buena nueva me traes, cucaracha, insecto asqueroso? ¿Cuántas trancas y cerrojos más tendré que mandar que pongan? ¿Por qué no me dejas en paz? ¿Por qué te empeñas en entrar, como todos, como un ladrón, para arrancarme la poca vida que me queda?

Narayani alzó la mirada, de la cucaracha al hombre que tenía delante.

—Y tú, ¿por qué me miras de ese modo? ¡Estarás contento, ahora que es el fin! Ahora que ella conseguirá darle el hijo tan deseado. Por fin tu primo Siddharta se quedará para siempre junto a su preciosa mujercita Yasodhara.

La noticia, llegada poco antes de la capital de los sakya, del inminente nacimiento del heredero de Siddharta, amenazaba con romper para siempre el frágil vínculo que unía a Devadatta y Narayani, la mujer que había elegido como consorte. Devadatta no podía permitirlo, ahora que era reina no: esa mujer debía permanecer a su lado hasta la muerte, nada ni nadie separaría sus destinos. Como todas las mañanas, ese día había acudido a visitarla. Como de costumbre, le dio a entender que su salud le preocupaba más que cualquier otra cosa, y le dijo con voz meliflua:

—Querida, sabes que no debes quedarte encerrada en la torre. Esta desolación empeora tu enfermedad. Desde que regresamos a Nagadvipa no has querido honrar a tus súbditos con tu presencia. Todavía esperan ver a su reina recorrer las tierras del reino. Pero en cuanto estés curada te prometo…

«Enfermedad», así le había dado por llamar al extraño comportamiento de Narayani. Ese modo de hablar sin mirar nunca a su interlocutor, la negativa a cortarse el pelo, que llevaba muy largo y siempre suelto, como si formara parte de su ropa andrajosa.

—Claro, claro, pobre imbécil, tu dulce Narayani no ve el momento de disfrazarse de amazona y tomar asiento junto al rajá en la carroza real. Seguro que acude un gentío enorme a aclamar a sus reyes. ¡Me parece estar oyendo sus gritos! —replicó con sarcasmo. Narayani se subió el tirante de la pechera de seda que había dejado caer desnudándose con descaro un pecho delante de su marido—. ¿Has oído lo que he dicho? Los sakya van a tener un heredero, Yasodhara está embarazada —gritó.

—¿Por qué te sigues preocupando por ellos? —replicó Devadatta—. ¿Es que no entiendes que desde que soy el rajá las leyes han cambiado? En Nagadvipa a nadie le interesa lo que le sucede a Siddharta. ¿Por qué no te lo metes en la cabeza, o es que la locura ya te la ha roído del todo? Cuando te traje aquí eras una puta y ahora eres sacerdotisa del dios Mara. Disfruta de la suerte que tienes.

—No me das miedo, puedes levantar la voz cuanto quieras. Así los dioses oirán las tonterías que dices. Tu desgracia no ha hecho más que empezar, rajá Devadatta.

Su marido cambió bruscamente de actitud; su tono se hizo conciliador y respetuoso:

—Narayani, ¿qué nos importa a nosotros el hijo de Siddharta? Vivimos con el recuerdo de Svasti, eso es lo que nos mantiene unidos. ¿No es así, reina mía?

De todos los comportamientos enfermizos de su mujer había uno que llamaba especialmente la atención a Devadatta: Narayani pasaba la mayor parte del tiempo meciendo en sus brazos la urna de cobre que contenía las cenizas del pequeño Svasti. Permanecía horas y horas canturreando rimas infantiles, como si el niño estuviera vivo. Pero esa mañana Devadatta no la había sorprendido acariciando la urna de cobre. «¿Adónde habrá ido a parar ese maldito recipiente?», pensaba Devadatta mientras oía la carcajada histérica de su mujer.

Narayani se estiró como si fuera a hundirse en la tierra, rebuscó entre los almohadones y se puso de pie. Apoyándose en la pared se arrastró hasta donde estaba Devadatta, y casi se le echó encima.

—¡Mira, mira lo que he hecho!

Había cogido la urna de cobre. La destapó y se la enseñó, vacía, a su marido.

—¡Deja de reírte así! —le ordenó Devadatta—. ¿Dónde has puesto las cenizas de Svasti?

—Las he tirado al viento.

—Contesta. ¿Qué has hecho con ellas?

—Las he esparcido en las aguas del Ganges. Me las he comido. He hecho un ungüento con ellas para mi pelo. He…

—¡Deja de bromear y dime inmediatamente dónde están esas cenizas!

Narayani dejó de reír. Sus facciones se relajaron. En su rostro apareció una expresión de dolor. Devadatta se sintió aliviado. Consiguió que le mirara, y la encontró más hermosa que de costumbre. Nunca había estado tan encantadora.

—Ven —le dijo ella.

Le llevó al rincón más oscuro de la habitación. Entre las cadenas de hierro, los ganchos y los cerrojos herrumbrosos con los que se hacía cerrar la torre, la mano de Narayani levantó delicadamente un jarrón finísimo y transparente.

—Mira, ésta es la nueva urna de Svasti: un jarrón de cristal. ¿No es mucho más bonito?

—Sí, Narayani.

Devadatta cerró la puerta tras de sí y cogió la antorcha que había dejado a la entrada. Recorrió los laberintos del palacio con una expresión dura como la piedra. Dejó atrás muchas estancias y pasillos hasta llegar a los aposentos de su padre Dronodana. Tampoco allí entraba la luz, las antorchas colgadas de las paredes daban a la habitación el aspecto de un templo siniestro. En el centro, sentada en un sillón, una figura inmóvil esperaba a Devadatta.

—¡Has tardado mucho!

—Padre, la situación no es fácil, como sabes. Narayani sigue pensando que Svasti está muerto.

—Esa puta no ha soportado la incertidumbre de no saber dónde está su hijo. Tiene suerte, se ha dado una explicación. Yo en cambio tendré que maldecir hasta el final de mis días la pérdida de ese pequeño vampiro. Sin su sangre me pudriré como un apestado. Svasti está vivo, lo sé. ¡Si pudiera encontrar a ese niño!

En ese momento una de las doncellas, que estaba inclinada sobre las piernas de Dronodana, se levantó para aclarar una venda en la palangana. Devadatta apartó la mirada con asco de los muslos de su padre. Una vaharada putrefacta llegó hasta él y la doncella que, asqueada, le miró con desaliento.

—Veo que no mejoras, padre.

—Esta enfermedad es imparable. Las piernas se están pudriendo. ¡Maldito sea el día en que Svasti desapareció! Él, con su muerte, debía darme vigor, debía mantener pura mi sangre, como había ocurrido con los niños sacrificados antes que él. La cadena se ha roto, he perdido un eslabón decisivo.

Dronodana dio un grito desgarrador.

—Cálmate, padre, encontraremos al niño. Te lo prometo.

—¡Calla, inútil! Tú también estabas ahí esa noche, y también te emborrachaste como un imbécil. ¿O es que no te acuerdas del momento en que te desperté zarandeándote? ¡No sé —gritó con furia Dronodana invocando a Mara— cómo pudo huir un niño de cuatro años del templo de tus sacerdotes, oh Mara! ¡Con esos bracitos, con esas piernecitas! ¿Le ayudaría alguien? Si fue así, ese hombre tendrá que morir entre sufrimientos atroces, ¡lo juro! ¡La muerte de Svasti debía retener a Siddharta en su ciudad, y ahora ni siquiera estamos seguros de que el maldito príncipe se quede!

—¡Cálmate, padre, cálmate! ¡Lo encontraré! ¡Y vosotras —les dijo a las asqueadas doncellas— aliviad su dolor, dormidle! ¡Haced algo! —añadió, asustado.

La última imagen que vio antes de salir de los aposentos fue la de su padre que, babeando, agarraba por el cuello a una de las doncellas con una mano enloquecida.

Devadatta, pálido como un muerto, pensó en la inconsciencia con que había permitido, aunque fuera sin querer, la
desaparición de Svasti.

¿Estaría vivo el niño? ¿Habría sobrevivido, arrastrado por las
corrientes del pantano, a los peligros de la jungla? Devadatta
pensó en el tormento de Narayani, en las piernas enfermas de
su padre, en la felicidad de Siddharta que ya era padre, en todos
esos años desperdiciados. Y se sintió mal.

Fuga de palacio

La cortina de seda carmesí y azul estaba corrida delante de la puerta de la cámara nupcial. La fina tela que separaba el zaguán del gineceo de su zona más recóndita se movía con la ligera corriente de aire que entraba por las puertas y ventanas abiertas a los patios y jardines. Al otro lado de la cortina, en la suntuosa cámara con paredes incrustadas de perlas y nácar rosa, en la cama con dosel situada sobre un estrado de alabastro en el centro de la habitación, descansaba Yasodhara.

Después de su recorrido en carroza por las calles de Kapilavastu, Siddharta había vuelto al palacio sabiendo que ésa era la última vez que atravesaba su entrada monumental. Después de apartar la cortina de seda y entrar en la cámara nupcial, la mirada de Siddharta se cruzó con la de Yasodhara, que había abierto lentamente los ojos al oír entrar a su consorte. La mujer, acostada entre las frescas sábanas plateadas, escondía en sus brazos, apretándolo contra sus senos desnudos y turgentes, un pequeño bulto de suave lino.

—Siddharta, ha nacido tu hijo. Es guapísimo y es varón, como siempre has sabido.

El rostro de Yasodhara estaba sereno y no tenía ninguna señal de los dolores del parto, que se había producido con las luces del crepúsculo. La mano de la madre cubría delicadamente la pequeña frente del niño que reposaba en su pecho. La lámpara proyectaba una luz mortecina.

—¡Ha nacido Rahula, nuestro hijo, mi felicidad es inmensa! —exclamó Siddharta. Pero una sombra cruzó su cara. «Con Rahula hoy ha nacido un vínculo, y justo ahora me toca separarme de este vínculo.»

Yasodhara seguía acostada con su hijo, sin cubrir su cuerpo desnudo, y dejaba que Siddharta la contemplara. En los ojos de su marido, al que había amado cada día más, leía ya una despedida. Había estado preparándose para ese momento ocho largos años, lo había esperado dando muestras de valor y serenidad, pero ahora que llegaba le parecía imposible que pudiera suceder. No era una batalla, ni una llama de la pira funeraria, ni un flagelo enviado por los dioses lo que se llevaba a su marido: Siddharta se iba por su propio pie, tan fuerte y resplandeciente como siempre, ligero como una brisa del viento estival, y la dejaba sin ningún arrepentimiento y sin ningún temor en su estado, aún empapada del sudor del parto, con la criaturita en los brazos. Ni siquiera la visión de su hijo recién nacido le impediría salir del recinto de la ciudad para no regresar hasta hallar el secreto del nacimiento y la muerte, esos lejanísimos horizontes y confines del universo que brillaban desde siempre en la mirada de Siddharta, haciéndole tan único, misterioso e inaprensible.

—La nodriza me ha dicho que el pequeño Rahula se cogerá bien a mi pecho, lo que significa que sólo tomará mi leche. Siempre deseé poder amamantar a mi hijo, ¿no es magnífico, Siddharta?

Él se acercó a su mujer, se inclinó, la besó en los labios, le rozó con la cara el pecho y el cuello, sintió la cálida respiración de Rahula y tuvo un ligero estremecimiento.

—La ropa limpia está preparada al lado de la espada que perteneció a tu padre; cógela y márchate lo antes posible, no quiero que nuestra despedida sea demasiado larga.

Siddharta se puso la ropa que Yasodhara había hecho que le preparasen cuidadosamente, se abrochó la vaina de la espada a la cintura y se dispuso a partir.

—Siddharta, no te has despedido de tu hijo Rahula. ¡Mi mano tapaba sus ojos! —le llamó Yasodhara.

El príncipe, que ya había cruzado el umbral de la habitación, se detuvo sin volverse.

—No me pidas demasiado, Yasodhara. ¿Cómo podría partir después de mirarle a la cara? Tu mano, al taparle, ha facilitado mi adiós.

Luego Siddharta atravesó corriendo los vestíbulos y los pórticos, bajó la última escalinata y salió del palacio. Delante del patio principal le esperaba Chanda, con el caballo Kanthaka ya ensillado. El palafrenero sería el único acompañante de Siddharta fuera de la ciudad, hasta el lindero del bosque. El fiel palafrenero, sin pestañear, había ido a la cuadra y había enjaezado el noble caballo de Siddharta, poniéndole en la boca el bocado dorado. Al ver llegar a su amo el corcel blanco fue a su encuentro sacudiendo su larga crin, sin relinchar y con paso ligero, como si evitara hacer ruido. Se diría que el noble animal se daba cuenta de la solemnidad del momento. El príncipe extendió la mano para acariciarle el hocico y le habló con dulzura.

—En cuanto monte, parte veloz como un rayo, no te detengas delante de ningún obstáculo.

Luego Siddharta le dijo a Chanda:

—Estoy listo, partamos. Los dioses están con nosotros.

El príncipe tocó la crin del caballo y dejó que partiera al galope, hermoso y resplandeciente como Agni, el dios del fuego. En el silencio total de la noche, la carrera de los dos caballos, cuyos cascos no tocaban el suelo, como si estuvieran dotados de una fuerza divina, aún fue más silenciosa. Eran los Bienaventurados y los dioses, que participaban en la magnífica noche de la partida extendiendo sobre la calzada alfombras de pétalos de loto al paso del futuro Buda.

El que sería llamado —el Iluminado— había superado todas las pruebas, había removido los obstáculos que le retenían, había descubierto el dolor del mundo y de los cielos y ahora emprendía el camino de la única vía posible de salvación. Como ya ocurriera el día de su nacimiento, los seres celestes, aún más numerosos, se regocijaron haciendo resonar en el éter los tambores sagrados. Luminoso como un cometa de cinco colas, Siddharta resplandeció con los signos de su nacimiento, y la tierra se abrió a su paso: las puertas del palacio, con hojas de acero y pesadas trancas, se abrieron como suaves pétalos; las altísimas murallas de la ciudad, que ni siquiera los elefantes lograban derribar, se disolvieron como espejismos y sombras al paso del príncipe.

La partida de Siddharta, que retumbó en el cielo como el fragor de un trueno, hizo temblar el infierno, en cuyos oscuros abismos se había refugiado el dios Mara, sofocando su grito de venganza. Pero el estruendo del universo y de los reinos gobernados por los dioses no lo oyó nadie en la tierra. Los guardias que vigilaban la ciudad dejaron caer sus espadas y sus lanzas como si les sorprendiera un sueño repentino, el mismo que volvía impotentes e inertes, como si se hubieran convertido en estatuas de sal, a los habitantes de Kapilavastu que, tumbados en las terrazas, vieron pasar la fatal cabalgada.

Ninguno de ellos tuvo la posibilidad de despedirse del príncipe de los sakya, de preguntarle el motivo de ese abandono: se quedaron dormidos sin enterarse de la noticia que a la mañana siguiente les dejaría desolados y llenaría sus corazones de tristeza. Luego, lejos de la ciudad, el príncipe se detuvo y permaneció en silencio.

Todo el horizonte de la llanura recuperó sus contornos, y Chanda se alegró de reconocer los lugares. A diferencia de Siddharta, él se había aventurado varias veces fuera de las murallas de la capital y conocía la zona llana que se extendía a sus pies, campos de cultivo y plantaciones de caña de azúcar que todavía formaban parte del reino de los sakya.

—Chanda, vuélvete y mira la loma que acabamos de dejar atrás. Mira cómo una ráfaga de viento recorre en un momento todo el cañizal; ¿ves ese punto que hay allí? Dentro de poco los hombres y las mujeres de Kapilavastu se levantarán para empezar su jornada. ¿Recuerdas ese arado abandonado que te señalé en el camino? Ahora los pies del campesino ya caminan tras la reja, que va trazando el profundo surco al levantar y dar la vuelta a los fértiles terrones. Chanda, nunca me ha parecido tan hermoso lo que dejo atrás.

—Siddharta, mi príncipe, ¿por qué no vuelves atrás? Allí está tu mujer, tu hijo, tu gente. ¿Por qué te tomaste tanto trabajo? ¿Por qué colmaste de amor y atenciones nuestros corazones para luego dejarnos huérfanos? Podías haberte marchado enseguida, y habría sido menos doloroso para todos.

—Veo que no te resignas al disgusto de la separación, Chanda. Es normal que así sea. Pero tu última pregunta es la más importante de todas. Tienes razón cuando me preguntas por qué me voy ahora y no lo hice hace mucho tiempo, cuando ya sabía el fin para el que he nacido. Te contesto contándote una sencilla historia. Es una historia antigua, pero su tiempo no ha terminado nunca y hoy sigue existiendo.

El príncipe le contó al palafrenero la historia de la torre perfecta que le había relatado el asceta Arada.

—Quien conoce el valor de la espera es un gran sabio. Éste, Chanda, es el momento adecuado para partir —concluyó Siddharta transmitiendo la enseñanza.

Dicho esto, Siddharta volvió la cabeza, se echó la capa sobre los hombros y miró a la selva que, como una muralla compacta, se hundía en las venas de la tierra. El príncipe bajó del caballo y lentamente, una a una, se fue quitando sus ricas vestiduras. Ante un asombrado Chanda sólo se dejó la túnica blanca. Se arrodilló.

—Coge mi espada y córtame el pelo.

Chanda agarró la empuñadura de esa espada historiada, el arma más preciosa de todas las del rey Suddhodana.

—¿Tu pelo? —preguntó, consternado.

—Sí, mi pelo debe ser como el de los ascetas, mi túnica como la de los mendigos, mis pies no deben llevar sandalias.

Mientras cortaba los cabellos del príncipe, Chanda lloraba, pero al final logró terminar el trabajo. Los largos rizos negros estaban esparcidos por el suelo y sobre la lujosa guerrera plateada. Entonces Siddharta se levantó, caminó hacia el lindero de la selva y se adentró en ella.

La cita

Y la selva le acogió. Al emprender el camino, Siddharta, que llevaba en el cuerpo los signos gloriosos de su nacimiento, entonó el cántico:

Estoy con vosotras, serpientes en la selva.
Miro complacido el círculo que formáis alrededor de Garuda.
En la hierba alta proyectáis la lengua bifurcada, relucientes de agua.

Estoy contigo, águila en la selva.
Tus plumas negras y moradas han separado las nubes de la tierra.
Cuando rozas las cumbres en busca de tu presa
es terrible tu vista clavada.

Estoy contigo, elefante en la selva.
Tu trompa blanca es como océano de leche.
Tus siete hermanos, todos machos,
te siguen y te preceden.
Sin alas estáis anclados a la tierra
y sois torres de vigía de los reyes.

Estoy contigo, oca salvaje en la selva.
Te llaman hamsa, *a ti que nadas por las extensiones de agua*

217

pero no te mojas.
Y cuando el sol y la luna han desaparecido
alzas el vuelo y sigues el curso de las estaciones.

Estoy contigo, cobra en la selva.
Mucalinda es tu nombre y de tu oscura morada
tú conoces el secreto.
Con siete vueltas rodearás en tus anillos
el cuerpo del Iluminado, pero el séptimo día,
cuando se disipe la tormenta,
aflojarás tu presión sobre el Buda.

Terminado el cántico, paso a paso, en silencio, oyendo el ritmo de su respiración, Siddharta llegó a un lugar donde el camino se bifurcaba. Se detuvo y miró primero a un lado y luego al otro: las dos direcciones parecían iguales, no había ninguna señal que le indicara por cuál de ellas seguía el buen camino. Dio un paso a la derecha y tropezó. Su túnica blanca se enredó en las zarzas y se rasgó. Siddharta se zafó, pero ni siquiera entonces consiguió avanzar. Las piernas le pesaban y le retenía una opresión en el corazón, una sensación de ansiedad e indecisión. Frente a él arrancaban dos senderos, pero el príncipe permanecía inmóvil. No: no daba igual un camino que otro. Entonces se decidió por el que estaba flanqueado de matas de adelfas rojas. Conforme avanzaba en esa dirección la selva se volvía cada vez más acogedora, y Siddharta caminó un trecho largo, gozando del ambiente apacible de esos parajes. Pero de nuevo le asaltó esa extraña sensación de indecisión y ansiedad: más adelante el sendero volvía a bifurcarse. Por un lado seguían las adelfas, por otro había un simple sendero.

El príncipe estaba paralizado por una emoción que le superaba. ¿Qué temor era ése? ¿Por qué sentía que esa encrucijada era como afrontar un reto, una pregunta que se repetía como un eco sin fin? De pronto todo desapareció: la bóveda oscura de la selva, la fatiga de la larga marcha, el viento en la cara y el grito de las aves. No sabía cuánto tiempo llevaba allí cuando vio, como reflejada en un espejo, una imagen oscilante. Era una forma cubierta de harapos, y ¿qué más? Sí, un cuerpo dentro de esos harapos, en cuerpo de un hombre encadenado. No era una alucinación, Siddharta asistía a otra vida suya. Ésa era su ejecución, los últimos momentos de su vida de ladrón, decenios, siglos, eras antes. Esa sangre de las muñecas ahora la sentía seca y le quemaba la piel, y la recordaba vívida, roja. Roja como las adelfas.

Un sollozo largo e insistente atravesó la selva, un vuelo de palomas negras se posó sobre las ramas altas de los árboles, y como en un sueño cesó la fiebre. Siddharta miró su ropa: no estaba hecha jirones; miró sus muñecas: estaban intactas. De pronto todo estuvo claro: el color rojo le indicaba el sendero de las adelfas, ése era, también entonces, el sendero que debía seguir. Más allá alguien lo esperaba. Era una cita a la que no podía faltar.

Siddharta dio mil pasos y se encontró ante el telón viviente de troncos y zancos de un baniano. A lo lejos divisó algo que aún no era una figura, sólo un temblor ambarino. Era el temblor ambarino de unos miembros desnudos. Luego le vio. Era un niño, desnudo, inocente. Con las nalgas y el pecho perfectamente contorneados. No se detenía ni un momento, como si ese trajín fuese una tarea importante que le hubieran encomendado. Sin embargo transmitía un sosiego sobrehumano. A su alrededor, diseminados por el suelo, había más de cien cuadros de pétalos de adelfa. Era un misterio que el viento no los dispersara. La visión era bella y terrible: con ese rito complicado el niño preparaba su propia muerte. Siddharta había llegado a esa cita para asistir a ella. Cuando estuvo ante él, el niño le saludó con la naturalidad de alguien que, después de una larga espera, recibe con la mirada al invitado recién llegado.

—¿Quién eres? —preguntó el príncipe.

—¿Es que no lo ves? Soy Svasti, el hijo de Narayani.

Índice

PRIMERA PARTE

SEGUNDA PARTE

Tercera parte

Después de
LA FUGA DE PALACIO

———

Siddharta continúa la aventura
hacia su glosioso destino:
LAS CUATRO VERDADES

———

A partir de abril, de venta
en librerías, quioscos
y grandes superficies